禁じられた恋に落ちて

鹿住 槇

14458

角川ルビー文庫

禁じられた恋に落ちて

CONTENTS

本文イラスト／みろくことこ

雑踏《ざっとう》の中を、沢村誠一《さわむらせいいち》はゆっくり歩いていた。

行き交《か》う人々は急ぎ足で、あまり前を見ていない。どこを見ているのか、その視線は虚《うつ》ろに彷徨《さまよ》い、擦《す》れ違《ちが》いざまに肩《かた》がぶつかると不機嫌《ふきげん》そうに舌打ちする。誰《だれ》もが、相手が避《よ》けてくれるものだと頭から思い込んでいるのだ。

九月も半ばを過ぎたが、相変わらず蒸《む》し暑い日々が続いていた。日が暮れて、少し涼《すず》しい風が吹《ふ》き始めてはいるものの、アスファルトとコンクリートで塗《ぬ》り固められた街中は息が詰《つ》まりそうだ。

道を急ぐのは、会社帰りのくたびれた男たち、すでに秋物の衣装《いしょう》に身を包んで汗《あせ》だくになっている女性たち、蓮《はす》っ葉《ぱ》な会話を意味なくくりかえすカップルや、時間を持て余してなんとなくうろうろしている学生——誠一も、その一人だ。

いつもなら、家にいる時間。でも、今日はまだ帰りたくない。

一般《いっぱん》的な高校二年生なら、誰でも一度は思うことだろう。

まっすぐ家に帰りたくない。なにかパーッと楽しいことがしたい。どこか面白《おもしろ》い場所に行きたい――学校でも、家でもない、どこか。

口うるさい親や、理不尽《りふじん》な規則を押しつけてくる教師たちに、反発したり拗《す》ねたり逃《に》げたり――珍《めずら》しいことじゃない。でも――。

「君、時間ある？」

誠一に声をかけてきたのは、中肉中背の三十代後半とおぼしき男だった。

小さな目が忙《せわ》しなく瞬《まばた》き、分厚い唇《くちびる》が見るからに暑苦しい。ワイシャツの背中が汗で張りつき、襟《えり》がうっすら汚《よご》れているのが見てとれる。

「……あるけど」

ぼそりと、誠一は答えた。

「食事につきあってくれないか。ゲーム代くらいなら、出してあげるよ」

今時こんな誘《さそ》いをしてくるヤツがいるのか、と正直誠一は驚《おどろ》いた。

ナンパか、それとももうテレビのニュースでも取り上げられなくなった、時代遅《じだいおく》れの援助交《えんじょ》際というものか。

学校帰りの誠一は、当然、高校の制服姿だ。ごく普通《ふつう》のシャツとタイ、薄《うす》いグレーのズボン。どこからどう見ても、女の子には見えない。顔だって、「女の子みたいに可愛《かわい》い」と言われた時期は、すでに過ぎた。今でもそれなりに整っているという自覚はあるが、こんなふうに男に誘われることなんてそうそうない。

「……いくらぐらい？」

あまり気が進まないふうを装《よそお》いながら、抑揚《よくよう》なく誠一は聞いてみる。

男は「一万では？」と聞き返してきた。

中途半端《ちゅうとはんぱ》な数字だ。食事につきあうだけならまあまあの額だが、食事だけで終わらないならバカにしている。

「ふうん」

つまらなそうに頷《うなず》くと、男はすかさず「じゃあ、二万出す」と言った。

どうやら食事だけではないのだな、と誠一は悟《さと》る。

世の中には、誠一のような小綺麗《こぎれい》な男子高校生を好きだという男がいるのだ。漠然《ばくぜん》と知識として知っていても、こうして目《ま》の当たりにする機会はあまりない。

「二万かァ…」

二万円でどこまでつきあうのが相場なんだろうかと、とくに他意もなく誠一が口にした時だった。

「わかった。なら、三万だ」

鼻息が荒《あら》い。

どうやら、誠一が値を吊《つ》り上げようと勿体《もったい》をつけているとでも思ったらしい。そして、三万出してもいいと思うくらいには、誠一の見た目を気に入ったのだろう。

普段なら、冗談《じょうだん》じゃないと駆《か》け去るところだったが、今日の誠一は半ば投げやりでどうでもいい気分だった。金が欲しいわけでもないし、男が好きなわけでもない。だが——暇潰《ひまつぶ》しにつきあってくれる相手がいるなら、それはそれでどうでもいい。

「わか…」

わかった、いいよ、と答えようとした時、目の前の男の肩に背後からポンと手が置かれた。

男はギョッとしたように振《ふ》り返る。

背の高い、若い男が立っていた。

「な、…だ…」

「感心できませんね。彼はどう見てもまだ未成年ですから、金銭絡《がら》みでその身を自由にした場合、手が後ろに回りますよ」

穏《おだ》やかな口調だったが、有無《うむ》を言わせぬ威圧感《いあつかん》のようなものが感じられた。

「べつに俺は、そんなつもりじゃ…——し、食事に誘っただけ…」

「食事を共にするだけで、三万円も小遣《こづか》いをやるんですか？　それで貴方《あなた》には、どんな得があるんでしょう？」

「ひ、一人で食べるのは味気ないし…っ」

根は悪い人間ではなさそうだ、と誠一は思った。肩を摑《つか》んだ手を振り解《ほど》き、走り去ることだってできるのに、バカ正直に質問に答えている。

だが、面倒臭《めんどうくさ》いことになってきた。

二人があれこれ話している間に逃げ出そうか、と誠一が考えた時、男はさすがに逆ギレして
「もういいだろう！　うるせぇよ」と怒鳴《どな》って踵《きびす》を返した。

あとには、若い男と誠一が残った。

「……あんた、刑事《けいじ》？」

自分をジロジロ見ている若い男を睨《にら》み返して、誠一は尋《たず》ねる。もしかしたら、補導員かと思ったのだ。

若い男は、さっきの男と違い、垢抜《あかぬ》けた風貌《ふうぼう》の持ち主だった。道行く女性たちが、チラチラと振り返って見ていくほどだ。

「いや」

否定されたのに安心して、誠一もまたくるりと身を翻《ひるがえ》す。

「どこに行くんだ」

背中に、男が問いかけてきた。

「どこだっていいだろ」

「……また、べつのカモを探すのか」

嘲《あざけ》るような言い方に、カチンときた。

「あのさァ」

つまんない言いがかりつけんのやめてくれない？　と誠一は吐《は》き捨てる。

「俺はべつに、援助《えんじょ》の相手探してうろついてるわけでもないし、客引いてるわけでもねーの。さっきのヤツは、勝手に声かけてきて、いきなり金の話したんだよ。俺は関係ねー」

「だが、ついていくつもりだったんだろう」

決めつけられて、さらにムカムカした。

「そんなのあんたに…」

「その場の勢いで、無謀《むぼう》なことはしないほうがいい。三万も出して、食事だけですむはずがないだろう。大人を舐《な》めるな」

いきなり説教かよ、と誠一は再び男に向き直り、正面切ってギッと睨みつける。

「…んなことァわかってるよ。あんたに関係ねーだろ」

「さっきの男は、好みのタイプだったのか？」

「はあ!?」

突拍子《とっぴょうし》もない質問に、誠一はあんぐりと口を開ける。

さっきの男が？　あの、見るからに冴《さ》えない男が好みなのかって？

「まさか。どっちかっていうと、あんたのほうが好みだよ」

思わずプッと噴《ふ》き出して、軽い口調で言ってやる。けれど男は、ニコリともせずに誠一を見返しただけだった。

「ならどうして、誘《さそ》いに乗る素振《そぶ》りを見せたんだ？　金が欲しかったのか？」

あんたはどうして、初対面の俺にあれこれ聞きたがるんだよ？　と逆に聞こうと思ったが、やめた。

さっきの言葉はまんざら嘘《うそ》じゃない。

どうせ暇潰しに一緒《いっしょ》に食事をするなら、あの冴えない男よりも、この目の前の美青年のほうがよほどいい。

「……どうせ家に帰っても一人だし、一人で食事するより、誰《だれ》でもいいから一緒に食べたいと思っただけだよ」

ふん、と男が頷《うなず》く。

「なるほど、一応意見が一致《いっち》していたんだな」

「誰と？」

「さっきの男も、そう言っていただろう。一人で食事をするのは味気ない、と」

そんなこと言ってたっけ、と誠一は首を傾《かし》げる。あの男がなにを言ってたのかなんて、ほとんど右から左に素通《すど》りしてしまって、なにも残ってない。

「なら、私と一緒に食事しよう」

唐突《とうとつ》に、男が言った。

——なんだよ、結局コイツもナンパか？　と誠一は唖然《あぜん》としてしまう。

「……あんた、言ってることが矛盾《むじゅん》してない？」

「そんなことはない」

澄《す》ました顔で、男は言った。

「私は君に金を渡《わた》すつもりもないし、食事代はワリカンだ。君は一人で食事をしたくないという。私も一人で、ちょうどお腹《なか》が空《す》いている」

「……意見の一致ってヤツ？」

そのとおりだ、と男が頷く。まあ、そのほうが気楽でいいと、誠一は思った。下心を気にしなくていいし、ワリカンなら気を遣《つか》う必要もない。

「だったら、俺、行きたい店があるんだけど」

「どこだ？」

「予約なしだと、入れるかどうかわかんないけどさ。〝フェリチタ〟っていうレストラン…」

「〝フェリチタ〟——イタリア料理だな。場所は？」

店名を言っただけでなぜイタリア料理だとわかるのか、不思議に思いつつ、誠一は場所を説明する。ここからなら、歩いて十五分くらいのところにある。

男は携帯《けいたい》電話を取り出してなにやら検索《けんさく》していたが、すぐにその場で店に電話をして予約を取りつけてしまった。

「予約完了《かんりよう》だ。行くぞ」

　どうってことないような男の台詞《せりふ》に、誠一のほうが面食《めんく》らう。さらに、歩いていこうとする誠一を止め、男はタクシーを拾った。

「……ワンメーターだよ？　悪いじゃん」

　そんな誠一の言葉には、耳も貸さない。

　タクシーは、あっというまに店の前に到着《とうちゃく》してしまう。

「ここでいいのか？」

　確認《かくにん》するように聞かれて、頷いたものの、今になって誠一は怖《お》じ気《け》づいてしまった。いや、怖じ気づくというのではなく――つい勢いでここまで来てしまったが、入ってどうなる、という気持ちのほうが強い。

「どうした？」

　タクシーから降りた男が、不審《ふしん》げに問いかけてくる。仕方なく誠一も車を降り、おずおずと男を見上げた。

「うん……――えっと……店に、知ってる人がいるかもしれなくて…」

「店員か？」

　誠一は首を横に振る。

「……客。今日、ここで食事してる」

「君は、その人に会いにきたのか？」

「違《ちが》う。その反対。……ってゆーか、こっちからは見えても、向こうから見られないような席があるといいんだけど」

「客の名前は？」

なぜ、と理由を聞かずに、男はそう聞いた。

「……沢村章悟《しょうご》、で予約してると思う」

軽く頷き、男はすたすたと店に入っていってしまう。このまま踵《きびす》を返して逃《に》げ出してしまおうかと誠一は思ったが、店員によって開けられた扉《とびら》の前で、男が早く来いと言わんばかりにこちらを見ているので、しょうがなく従った。

誠一が店に入ると、男は案内係らしき店員になにやら小声で話をしている。そうして案内されたテーブルは、誠一が希望したとおりの、観葉植物で仕切られたところだった。ここからちょうど、窓際《まどぎわ》に座る家族連れのテーブルが見える。おそらく向こうからは、こちらは植物の陰《かげ》で、よほど首を伸《の》ばさない限り見られる心配はないだろう。

「すごい。なんて言ったの？」

「君が要求したとおり、沢村一家のテーブルが見える席を希望しただけだ。ただし、向こうからは見えにくいように、と」

そんなことを言って、店側に不審がられなかっただろうかと気にかかったが、男はとくに気にしていないようだった。

差し出されたメニューを眺《なが》めながらも、誠一はちらちらと窓際のテーブルに目をやった。

そこには、ごく普通《ふつう》の家族の構図がある。

人のよさそうな父親と、美人の母親、そして可愛《かわい》らしい顔をした生意気そうな息子《むすこ》。どこにでもある、ごく普通の幸せそうな家族だ。

「決まったか？」

男に催促《さいそく》するように言われて、誠一はハッと視線をメニューに戻《もど》した。

「……えっと……」

「とくに希望がなければ、コースでいいか？」

「あ、うん、なんでも…」

半ば上の空で答えると、男がさっさとオーダーを済ませる。こんな高そうなレストランにも慣れている雰囲気《ふんいき》だ。

「……あの家族と、君の関係は？」

運ばれてきた食前酒に口をつけながら、男が聞いた。

ノーコメントを通そうかと思ったものの、ここまで連れてきてくれたのだし、と誠一は素直に答えることにする。

「あれは、俺の両親と弟」

「なんだ、君の家族か。ならどうして、一緒《いっしょ》に食事をしないんだ？　帰っても一人だというから、一人暮らしなのかと思った」

そう思われても当然で、誠一は苦笑《くしょう》を洩《も》らす。

「今日は弟の誕生日なんだ。だから、親子水入らずで過ごしたいんだと思う」

「君は、水なわけだ？」

そういうこと、と誠一は頷《うなず》いた。

「……俺のホントの両親じゃないんだ。俺は養子で、弟は実子」

同情を引きたいわけでもなかったので、あえてサバサバと口にする。男は僅《わず》かに眉《まゆ》を寄せただけで、なにも言わなかった。そのことが誠一の気を楽にする。

可哀想《かわいそう》に、と哀《あわ》れみの目を向けられるのは嫌《いや》だし、実際哀れまれるほど虐待《ぎゃくたい》されているわけでもない。少しだけ、疎外感《そがいかん》とも寂寥感《せきりょうかん》ともいえない空《むな》しさを感じるだけだ。

「本当のご両親は？」

「死んだ。あそこにいるのは母親の兄貴で、一人ぼっちになった俺を引き取ってくれた。いい人だよ」

「同じテーブルで食事をしないような人が？」

誠一は黙《だま》って肩《かた》を竦《すく》める。

ちょうど前菜が運ばれてきて、それ以上会話を続ける気にはなれず、誠一はフォークを手に

取った。綺麗《きれい》に盛りつけられた料理を、気にせずフォーク一本で食べる。

ふと目の前の男を見ると、綺麗な手つきでナイフとフォークを扱《あつか》い、上品に食べていた。

——気取ってやんの、と思い、誠一はわざとガチャガチャと音を立て、ぞんざいな食べ方で次々と料理を平らげたのだった。


誠一が沢村夫婦《ふうふ》に引き取られたのは、七歳の時だ。

両親は、交通事故で亡《な》くなった。父親が運転する車が、居眠《いねむ》り運転のトラックに衝突《しょうとつ》されたのだ。車は大破し、助手席に乗っていた母・雪菜《ゆきな》ともども、即死《そくし》だったらしい。たまたま誠一は家で一人、留守番をしていて無事だったのだ。

亡くなった父親も、誠一の実の父親ではなかった。誠一は、雪菜の私生児として生まれた。本当の父親は知らない。雪菜も話してくれなかったし、認知《にんち》もされないままだった。もしかしたら、誠一が生まれたことすら知らずにいるのかもしれない。

雪菜は、三歳になった誠一を連れて結婚《けっこん》した。小さな運送会社を経営する男が、父親になった。経済的にもそこそこ裕福《ゆうふく》で、誠一のことも可愛がってくれた。不自由のない幸せな生活だった。

だが——それはたった四年で終わってしまった。

一人残された誠一を不憫《ふびん》に思った雪菜の兄、章悟が、養子として引き取ることになった。当時、結婚して十年目になる沢村夫妻には子供がなかった。

章悟の妻、遥子《ようこ》は勝ち気な美人で、子供ができないことを気に病んでおり、不妊治療《ふにんちりよう》にも通っていたらしい。不妊治療には、金がかかる。経済的にあまり余裕がなかったこともあり、章悟は治療を嫌がって中断した。そのことを、遥子は不満に思っていたようだ。

そこに、亡くなった妹の子供を引き取ると言われ、かなりもめたらしい。けれど、甥《おい》にあたる誠一を放《ほう》り出すわけにもいかず、渋々《しぶしぶ》引き取ることに同意する。

嫌々引き取りはしたものの、誠一の見た目の可愛さも相俟《あいま》って、最初は遥子も誠一に優《やさ》しかった。

ところが――それから一年も経《た》たないうちに、遥子は妊娠《にんしん》した。

皮肉なものだ。不妊治療を中断し、あきらめて誠一を自分の息子だと思おうと決心した矢先のことだった。

遥子が待ち望んだ妊娠に、章悟は難色を示した。

感情的で身贔屓《みびいき》の強い妻が、実の子供と誠一に差をつけるに違《ちが》いないと危惧《きぐ》したのだ。素直《すなお》に喜ばなかった夫への不満は、誠一への憎悪《ぞうお》にすり替《か》わっていった。

あからさまに虐待することはない。だが、遥子は生まれた息子が長男だと言わんばかりに健一《けんいち》と名づけ、誠一に見せつけるように甘やかし、可愛がる。

誠一は、家族の中で一人疎外感に苛《さいな》まれ、孤独《こどく》に包まれて成長した。

弟のことは嫌《きら》いじゃない。だが、ワガママいっぱいに育てられた彼は、母の心を映したように、母に愛されていない誠一を侮《あなど》り攻撃《こうげき》する。

あまりのワガママぶりに思わず誠一が反撃しようものなら、すぐに母に助けを求める。怒《おこ》られるのは、当然いつも誠一だった。

早く家を出たい、と誠一は思った。

いっそ、高校には行かずにどこか住み込みで働けるようなところに就職しようかと、中学の担任に相談した。孤独を紛《まぎ》らすために勉強に勤《いそ》しんでいた誠一は成績優秀《ゆうしゅう》で、担任は驚《おどろ》き、家に連絡《れんらく》してきた。

誠一は遥子に罵倒《ばとう》され、責められた。

「誠一くんは養子だから高校にも行かせてもらえないって、近所の人に私が悪く言われるのよ！」

そんなの知るか、と誠一は思ったが、章悟に「将来のために、自分のために、高校に行きなさい」と諭《さと》された。

けれど、誠一の気持ちは荒《すさ》むばかりだ。家にいても安らげない。

「……ホントは、店の中で暴れてやろうかと思ってたんだけどさァ」

デザートのパンナコッタをズルズルと啜《すす》って、誠一は嘯《うそぶ》いた。

「健一の誕生日なんか、メチャクチャにしてやろうって」

窓際《まどぎわ》のテーブルを横目で見ながらつけ加えると、目の前の男が口元を僅かに歪《ゆが》める。

「今からでも遅《おそ》くないんじゃないか。君が暴れても、私は止めないよ」

その言葉に、誠一はフフと笑ってしまった。

「……暴れねーよ。だって——……楽しそうだしさ」

「楽しそうだから、ブチ壊《こわ》してやりたいんじゃないのか？」

「だって、バカみたいじゃん。俺一人で。結局、なにやったって蚊帳《かや》の外だしさ」

男も、笑った。

冷たく整った容姿が、僅かに柔《やわ》らかなものになる。思わず誠一は、その表情に見入ってしまった。

男からは、上流階級の匂《にお》いがする。育ちのいい、上品さだ。持って生まれた品というのか、自分とは違う、と誠一は思った。

「……まんざらバカでもないということだな」

そう言った口調には、嘲《あざけ》るような色が見え隠《かく》れしていた。

男の笑顔《えがお》に見惚《みと》れていたのを後悔《こうかい》し、誠一は「うるせェよ」と呟《つぶや》いた。膝《ひざ》の上のナプキンでぐいと口を拭《ぬぐ》い、テーブルクロスの上に放《ほう》り出す。

ポケットからパスケースを出し、折り畳《たた》んだ一万円札を取り出して、男に突《つ》きつけた。

「なんだ？」

「ここの支払《しはら》い」

「申しわけないが、足りないな」

「えっ」

そんなに高いコースなのか！　と誠一はビックリした。正直、料理の味なんてよくわからなかった。

知らない人間と食事をすることの緊張《きんちょう》と、沢村一家のようすが気になっていたからだ。豪勢《ごうせい》なコースだったというのはわかるが——この一万円は、今朝遥子から渡《わた》されたものだ。

一人置いていかれた誠一に、食事は用意されていなかったが、とりあえず金は渡してくれた。なんでも好きなものを食べなさい、お釣《つり》はあとで返しなさい、と言われ、全部使ってやろうかと思ってはいたが——足りなくなるとは思わなかった。

「……どうしよう」

「ここは私が出しておく」

適当にオーダーしたのは私だから、と男が言う。だが、ハイそうですか、と頷《うなず》くわけにはいかない。

「ねえ」

誠一は唇《くちびる》を噛《か》みしめて、じっと男を見た。

「ホテル行かねェ？　ここの支払い分も含《ふく》めて、俺、サービスしてやるぜ？」

男が僅かに目を瞠《みは》った。

「サービス、ね」

いいだろう、と男はあっさり立ち上がる。誠一は微《かす》かに息を呑《の》んだ。

ヤバイことになったかも、と思う。だが、今さら後には引けない。

男はカードで支払いを済ませた。誠一は窓際の席の、ありふれた幸せな家族から目を背《そむ》け、男について店を出る。

「どこのって…」

「どこのホテルがいい？」

知っているホテルがあるはずもない。第一、ラブホテルにも行ったことはないのだ。

考え込んだ誠一の目の前で、男はまたどこかに電話をかけ始めた。ホテルの予約を取っているらしい。

誠一は、自分の顔が引きつっているのを感じる。

このまま男についていっていいものか。隙《すき》を衝《つ》いて、逃《に》げてしまおうか。

「私の定宿《じょうやど》でよければ、部屋が空いている」

「い、いいよ、どこでも」

つい強がって、誠一は言った。

男はまたタクシーを停《と》めた。先に乗せられ、タクシーは都心のホテルに向かう。ラブホテルではなく、普通《ふつう》のシティホテルだった。それも、老舗《しにせ》の超《ちょう》がつく高級ホテルだ。

ロビーに足を踏《ふ》み入れるにも緊張せずにいられない誠一に対し、男は悠々《ゆうゆう》と毛の深い絨毯《じゅうたん》の上を歩いていく。

定宿にしているという言葉は嘘《うそ》じゃないらしく、中年の従業員が親しげに、男に声をかけてきた。

「これは、宮木《みやき》さま。本日はご宿泊《しゅくはく》でいらっしゃいますか？」

男は足を止め、従業員に挨拶《あいさつ》をしている。

宮木、というのか——と、誠一はそこでようやく、まだ男の名前すら聞いていなかったことに気がついた。

なにも知らない、初対面の男だ。そんなあたりまえのことに今さら気づいて、これから起こることへの恐怖《きょうふ》が、ちらりと顔を覗《のぞ》かせる。

——やっぱり、やめよう。

食事代を踏み倒《たお》すのは気が引けるし、自分からホテルに行こうと言っておきながら、コソコソと逃げ出すのも男らしくない気がする。だがこのままおとなしくついていって、どうなるというのだ。土壇場《どたんば》になって「できません」というのは通用しないだろう。

それなら——。

男が従業員に気を取られているうちに、と誠一はじりじりと後退《あとずさ》り、あとはもう脱兎《だつと》の如《ごと》く逃げ出した。

幸い、まだポケットには一万円札が入っている。

正面玄関《げんかん》を飛び出した誠一は、待機していたタクシーに乗り込んだ。

どうせ二度と会うことのない男だ、と誠一はタクシーの後部座席に深く凭《もた》れてほっと息を吐《は》く。

高級ディナーを奢《おご》らせたのは悪かったが、どうやら金持ちらしいし、あの程度たいした損害じゃないだろう。シャワーを浴びている最中《さいちゅう》に、財布《さいふ》から現金をくすねて逃げ出したわけじゃないし、悪いことはしていない、と自分を正当化するように考える。

ただ——彼のおかげで、少し気が紛《まぎ》れた。

弟の誕生日に、自分一人だけの部屋でカップラーメンでも食べるしかなかったのを、紛らせてくれた。そのことに、ちょっとだけ感謝した。

自宅マンションに帰ると、すでに両親と弟は帰宅していた。

賑《にぎ》やかで楽しげな声が、玄関まで聞こえる。

「ただいま」

返事を期待しているわけじゃないから、小さな声で誠一は言った。そのままリビングには寄らずに、自室に向かおうとする。

「あら、帰ったの、誠一」

遥子が耳聡《みみざと》く聞きつけて、出てきた。

「今、何時だと思ってるの？　近所の人に見られたら、私が悪く言われるのよ。こんなに夜遅《おそ》くまで出歩いて、あそこの息子は…って。躾《しつけ》がなってないとか、親の顔が見たいとか」

やっぱり外泊するべきだったか、と誠一はこっそり思う。

帰ってくるなり説教なんて、うんざりだ。

遥子の後ろから、ひょっこりと健一が顔を覗かせる。

「兄ちゃん、お帰り」

にこりと笑う、その顔だけは可愛《かわい》い。いや、二、三歳くらいまでは、誠一にもそれなりに懐《なつ》いて可愛い弟だったのだ。それがいつからか、誠一に対して反抗的《はんこう》になり、可愛げがなくなった。

「俺、今日誕生日だったんだぜ」

誠一の前までやって来て、ぬっと手を出す。

「……なに？」

「だから、誕生日なんだってば。お父さんはゲームソフト買ってくれたし、お母さんは靴《くつ》買ってくれたぜ」

　健一は、今日で八歳になった。幼稚園《ようちえん》の年長組になったあたりから、口調も小生意気なものになった。それを、遥子は窘《たしな》めようともしない。

「そう、よかったな」

「って、兄ちゃんはプレゼントねーのかよ。使えねェなあ」

「…痛っ」

　言いながら健一は、誠一の向こう脛《ずね》を蹴《け》っていった。これくらいの年になると、蹴る力もなかなか侮《あなど》れない。

　でも、やり返すとまた怒《おこ》られるので、誠一は黙《だま》って自室に入ろうとした。

「誠一、待ちなさい。お釣は？」

　夕食代にと渡された一万円のお釣だ。タクシー代に三千円近くかかってしまい、誠一はポケットを探《さぐ》って、釣《つ》り銭《せん》を遥子に差し出す。

「……なに食べたの？」

　遥子には、不満な額だったようだ。

「適当に」

「適当に、じゃわからないわ。どこで、なにを食べたの？」

「……ファミレスで、いろいろ」

誠一は曖昧《あいまい》にごまかそうとしたが、そうはいかないとばかりに、遥子はしつこく食い下がる。

「レシート、見せなさい」

「貰《もら》ってない」

「嘘《うそ》言いなさい」

「……もういいじゃないか」

背後から、章悟の声が割って入った。

「誠一、遅かったな。……今日は一人で——すまなかったな」

「あら、お父さん、なにがすまないの？　誠一にはちゃんと食事代を渡してあるし、謝るようなことはなにもないでしょう」

遥子はキッと章悟を睨《にら》みつける。途端《とたん》に章悟は狼狽《うろた》えて、「ああ、まあ、その…」と口籠《くちごも》ってしまう。

いつもそうなのだ。章悟は遥子に頭が上がらないし、誠一もなにも期待していない。

章悟に向かってキーキーと怒り出した遥子を無視して、誠一は自室に入り、後ろ手にドアを閉めた。できれば鍵《かぎ》をかけたいところだが、部屋のドアに鍵はない。一室与《あた》えられているだけでも、贅沢《ぜいたく》だと思うべきか。

机とベッド、小さな整理箪笥《だんす》に本棚《ほんだな》。必要最低限のものだけが揃《そろ》った、無味乾燥《かんそう》な部屋だった。娯楽《ごらく》の類《たぐ》いは、なにもない。ひっくり返った玩具箱《おもちゃばこ》のような健一の部屋とは、正反対だ。学校の同じクラスの連中が話しているテレビドラマも見ないし——リビングで、遥子たちと一緒《いっしょ》にテレビを見るような雰囲気《ふんいき》ではないのだ——流行《はや》りの歌も知らない。健一が夢中になっているゲームも、誠一はやったことがない。

でも、これは虐待《ぎゃくたい》じゃない。

遥子は口うるさいけれど、暴力はほとんど振《ふ》るわない。時々叩《たた》かれることもあるが、それは躾の一環《いっかん》なのだと言う。実際、痕跡《こんせき》が残ることもないし、骨折など酷《ひど》い怪我《けが》に至るようなこともない。

食事も必要最低限には食べさせてくれる。健一よりもおかずが少ないことがあったり、弁当も作ってはもらえないけれど、パン代だと毎朝小銭を渡してくれる。高校の制服もきちんと作ってくれたし、外に出る時はきちんとしろと、何着か服も買い与えてくれている。

ベッドにごろりと寝転《ねころ》がり、誠一はふと、今日会った男を思い出していた。

自分には縁《えん》のない世界で生きている男なのだろう、と思った。

高級そうなスーツを着て、レストランでも慣れたようすでコース料理を綺麗《きれい》な仕種《しぐさ》で食べていた。誠一が行ったこともないようなホテルでも、臆《おく》した雰囲気は微塵《みじん》も感じられなかった。

この世の中には、あんなふうに恵《めぐ》まれた人間がいるのだ。

る。

「……やってられない」

ぽつりと独り言《ご》ち、寝返りを打つ。

目を閉じて、忘れようと思った。もう二度と会うこともない、別世界の住人――すぐに忘れる。

■□■

一日の授業が終わり、誠一は通学路途中《とちゅう》の駅ビルの中を、目的もなく歩いていた。

高校に入学してから、塾《じゅく》には通っていない。大学受験のことを考えると、塾は必要だと思うのだけれど、行きたいと言うつもりはなかった。塾の授業料のことで、遥子に毎日嫌味《いやみ》を言われるのはゴメンだ。

本屋で雑誌を立ち読みし、休憩所《きゅうけい》のベンチに座って、行き交《か》う人々を眺《なが》める。

余分な小遣《こづか》いはないので、ゲームセンターには行けない。買い食いもできない。だが、家に帰る時間はできるだけ遅《おく》らせたい。できれば夕食ギリギリか、みんなが夕食を食べ終わるか終わらないぐらいのタイミングで。

そうすれば、一人で夕食を摂《と》ることができる。

食べ終わって片づけられてしまう時間に帰ると、下手をすればおかずが残っていない。

だが、今日だけのことではないし、毎日毎日では寄るところもすることもない。

ふと、駅ビル掲示板《けいじばん》の張り紙が目についた。アルバイト・パート募集《ぼしゅう》の要項《ようこう》だ。

「……バイトか」

どこかでバイトをしようか、と誠一は考えた。

この駅ビルでは、家が近すぎるから人目につきやすい。どこか――べつの駅か、学校からも家からも離《はな》れたところがいい。誠一の通う高校は、アルバイト禁止なのだ。事情があって、ちゃんと手続きをすれば許可が降りるが、それには親の印鑑《いんかん》が必要だった。バイトをしたいと言えば、また遥子があてつけがましいと怒《おこ》るのは目に見えている。

ちゃんと計画を練らなければと、誠一は考えながら帰途についた。ささやかながら目的ができたせいか、少し気が紛《まぎ》れて足取りも僅《わず》かに軽くなった。

マンションの前まで戻《もど》ると、駐車場《ちゅうしゃじょう》脇《わき》に造られた子供用遊び場に、健一の姿がある。健一はあまり外では遊ばない子で、たいてい家でテレビゲームをしているのに、変だな、と誠一は思った。

誠一の姿を認めると、珍《めずら》しく健一が駆《か》け寄ってきた。

「おかえり、兄ちゃん」

「……ただいま」

「今、家に帰ると叱《しか》られるぞ」

いきなり言われて、なにかバレて叱られるようなことがあっただろうかと誠一は考える。心当たりがないこともないけれど、べつに叱られてもいいかと通用門を潜《くぐ》る。

健一と違《ちが》って、母親に叱られることは、誠一にとってはそれほど重要な問題ではなくなっていた。

「お客さんが来てるんだ。だから外で遊んでろって、追い出されたんだ。俺、今日ゲームクリアしたかったのにっ」

不服げに、健一は唇《くちびる》を尖《とが》らせる。

「お客さん？」

それで健一を追い出すというのも、変だ。

遥子はたいてい、訪問客には健一を見せて自慢《じまん》するのに。

「それで、お父さんも会社から帰ってきたんだ」

ますます首を傾《かし》げたくなるようなことを、健一は言った。

来客があったからといって、わざわざ会社を早退してくる？　そんな大事な客なのだろうか。

「どんなお客さん？」

「知らねーよ。オッサンだよ、格好つけたオッサン」

ふうん、と頷《うなず》いて、誠一は非常階段を上った。健一が慌《あわ》てて追いかけてくる。

「なんだよ、俺の言ってること聞いてねーのかよ。またお母さんに怒られても知らないからな」

「大丈夫《だいじょうぶ》だよ」

怒られて、悲しかったりつらかったりするのは、自分に非があるのを思い知らされる時。それから、怒っている相手になんらかの感情がある時。嫌《きら》われたくないから、怒られないイイ子でいようと、人は努力するのかもしれない。それが親相手ならなおさらだ。

誠一は、もう遥子に愛されたいと思っていない。とっくにあきらめてしまった。なにをしても――どんなにイイ子でいても、遥子には愛されない。努力をしても無駄《むだ》なのだ。

玄関《げんかん》のドアを開けて、中に入る。健一もちゃっかりとくっついてきていて、一緒《いっしょ》に入ってきた。

玄関には、綺麗に磨《みが》かれた革靴《かわぐつ》がきちんと揃《そろ》えて置かれている。

――高そうな、いい靴。

ちらりと見て、誠一は思った。父が飛んで帰ってくるほどの人物だ。昔世話になった人間か、今の取引先の相手か。取引先の人間なら会社に訪ねてくるだろうから、それは違《ちが》うか。ならばやはり、目上の人間で――おそらく金持ち。

ぐるぐると推理しながら、自室に向かう。

健一は、そうっとリビングを覗《のぞ》いていたらしい。

「健ちゃんっ、お外で遊んでいなさいって言ったでしょ！」

あっさり見つかって、キレ気味の遥子の声がした。

「だってっ、せ、誠一、帰ってきたっ」

呼び捨てんなよ、と背中でそんなやり取りを聞きながら、誠一は小さく呟《つぶや》く。

「お帰りですか。それでは…」

思ったよりも、若い男の声がした。

どこかで聞いたような声だ、と誠一は思う。親戚《しんせき》か、知りあいか。それも、誠一の知ってるような？

「兄ちゃん、お父さんがちょっと来いって」

珍しく神妙《しんみょう》な顔をした健一が、呼びにくる。

遥子に怒られて、それなりに応《こた》えているらしい。普段《ふだん》甘やかされてばかりで、声を荒《あら》げられたこともほとんどないから、ちょっとのことでもショックなのだろう。

誠一に来いというのは、挨拶《あいさつ》をしなさいということか。つまり、やはり誠一もよく知る相手ということになる。

誠一は黙《だま》って頷き、制服のままリビングに入った。おどおどと、健一もあとについてくる。

「健ちゃんは、お部屋に行ってなさいっ」

すかさず遥子が声を上げた。誠一の背後で、リビングの扉《とびら》が閉まる。

「……あ」

ソファに腰《こし》を下ろしている客の姿を認め、誠一もまた密《ひそ》かに動揺《どうよう》した。

聞き覚えのある声だと思ったのも無理はなかった。客の顔にも、もちろん見覚えがある。それは——先週、ホテルで置き去りにしたあの男だった。

健一が「オッサン」と言うから、もっと年配の男を想像していたのだが、予想外だった。

それでは、男は執拗《しつよう》に誠一のことを調べて、自宅を突《つ》き止めたということか。レストラン〝フェリチタ〟で沢村章悟の名前を教え、家族なのだと話したから、調べるのはそれほど難しくないはずだ。今は個人情報漏洩《ろうえい》にうるさいから、簡単に予約名簿《めいぼ》を見せてはくれないだろうけれど、レストラン側から聞き出す方法はいくらでもあるに違いない。

遥子が不機嫌《ふきげん》なのも、これで合点がいった。

食事代も払《はら》わせたし、男と出会うきっかけ——中年親父《おやじ》についていこうとした件だ——も密《ち》告《く》られたのだとしたら、機嫌がいいはずもない。きっとこのあと、うんざりするほど小言を言われるに違いなかった。叱《しか》られるのは慣れているけれど、面倒臭《めんどうくさ》い展開になった、と誠一はこっそりため息をついた。

「誠一、こちらは……宮木一臣《かずおみ》さんとおっしゃる。……誠一も聞いたことがあるだろう。羽鳥《はとり》グループにお勤めの……」

「羽鳥グループ……って、羽鳥建設とか羽鳥物産とかの？」

そうです、と男——宮木が頷《うなず》く。

「ここに来て、座りなさい」

「どうぞ」

男が身体《からだ》をずらして、ソファの席を半分譲《ゆず》ってくれる。一人掛《が》けの椅子《いす》にそれぞれ座った章悟と遥子と、小さなガラスのテーブルを挟《はさ》んで、誠一は向かいあった。

二人とも、表情が硬《かた》い。もしかしたら、慰謝料《いしゃりょう》を請求《せいきゅう》されているのか？　告訴《こくそ》すると言われてる？　まさか脅迫《きょうはく》――？

裕福《ゆうふく》そうなこの男が、わざわざそんな真似《まね》をするだろうか、と誠一は密かに疑問に思った。

「お父さん…」

いつもあんなことをしているわけじゃないから、と誠一が言いわけしようとした時だった。

一瞬《いっしゅん》早く、章悟が口を開く。

「今まで話したことはなかったが……いや、あえて話さなかったわけじゃなくて、わざわざ話すほどのことじゃないと思って言わなかっただけなんだが。……お前の本当のお母さん、つまり私の妹の雪菜は、若いころ二年ほど羽鳥商事に勤めていたんだ。秘書だったんだよ」

「へえ…」

そうなのか、と誠一は頷く。

ということは、この男は、亡《な》くなった母の知りあいなのか？　知りあいというには、年齢差《ねんれい》がありすぎるだろうか。

どう見ても、二十代後半だ。生きていれば、母は今年で四十一歳になるはずだから、同じ時

期に会社にいたはずはない。

「今、ご両親にお話ししていたところですが、誠一さんのお母さまは、今年の四月に亡くなりました弊社《へいしゃ》グループ会長、羽鳥祥一郎《しょういちろう》の秘書をされていました。お二人は密かに愛しあわれて、雪菜さんは誠一さんを身籠《みご》られたのです」

抑揚《よくよう》なく、ニコリともせずに宮木はいきなり爆弾《ばくだん》発言をした。もっと言い方があるだろうに、それを聞いて驚《おどろ》く誠一のことなどまるで考えていないようすだった。

「つまり、その羽鳥祥一郎さんが、お前の実の父親だというんだよ」

章悟が眉《まゆ》を顰《ひそ》めながら、言葉を継《つ》ぐ。

誠一は、黙って章悟と宮木の顔を交互《こうご》に眺《なが》めた。

――すごいことを聞かされてしまった。

宮木は、『お宅の息子《むすこ》は援助《えんじょ》交際をするような不良』と言いつけに来たわけでもなく、脅《おど》しに来たわけでもなく――ましてや、あの夜の食事代を請求しに来たわけでもなかったのだ。

今まで、誰《だれ》にも話してもらえなかった――いや、もしかしたら亡くなった母以外に知る人はいなかったのかもしれない出生の秘密を、突然《とつぜん》ブチかましに来たのだ。

「……実は私も今初めて聞かされて……あまりのことに、びっくりしているんだが…」

思ったとおり、章悟も知らなかったらしい。

誠一は俯《うつむ》き、膝《ひざ》の上で組んだ両手にぐっと力を入れる。指先が震《ふる》えている気がした。

章悟以上に、誠一だって動揺している。あたりまえだ。十六年間知らずに生きてきたことを突然知らされて、平静でいられるはずがない。

「それで……今ごろ、なんで来たわけ？」

宮木に向かって、誠一は言った。言外に「今さらなんの用だ」という思いを込め、声が震えないようにと腹の底にも力を込める。

誠一は、私生児だった。実の父親には、認知《にんち》されていない。そのことを、誠一自身も知っている。雪菜が子連れで結婚《けっこん》したのは、誠一が三歳の時だったので、誠一にはそのあたりのことはほとんど記憶《きおく》にない。

それでも余計なことを言う人間はいるもので、幼稚園《ようちえん》に入った時にはすでに、誠一は自分の父親が本当の父親ではないことを知っていた。

「お父さんは、僕のお父さんじゃないの？」と聞いた誠一に、雪菜は適当にごまかしたりはせず、きちんと話をしてくれた。「本当のお父さんは、誠ちゃんが産まれる前に死んでしまったの」という説明は、今思うと嘘《うそ》だったわけだが——誠一は優《やさ》しい養父のことが大好きだったし、養父も誠一を実の子供のように可愛《かわい》がってくれたので、事実が露見《ろけん》したからといって家庭内がぎくしゃくするようなこともなかった。

「……祥一郎氏は、雪菜さんが妊娠《にんしん》されていることをご存じなかったのです。雪菜さんが会社を辞《や》められて、祥一郎氏の前から姿を消されて…」

「捜《さが》さなかったんだ?」

あたりまえのことを、誠一は聞いた。宮木はちらりと困ったような表情を浮《う》かべる。

なにか言いにくい事情があるのかもしれない、と思った時、章悟が口を開いた。

「羽鳥さんは、その時すでに結婚されていたんだ」

「不倫《ふりん》だなんて。そのうえ、誰にも言わずに子供まで産んで……」

憎々《にくにく》しげに、遥子が吐《は》き捨てる。

——お前は望まれなかった子供なのだ、と誠一に言いたかったのかもしれない。

「……会長か社長か知んねーけどさ、権力振《ふ》り翳《かざ》して秘書にセクハラして孕《はら》ませちゃったってことだろ。どうせ奥さんにバレたか、母さんに飽《あ》きたかで、ポイ捨てしたってことなんじゃないの?」

誠一の荒《すさ》んだ物言いに、「そういう言い方はやめなさい」と章悟が窘《たしな》める。

「奥さまの耳に入ったのは本当です。奥さまは、祥一郎氏には内緒《ないしょ》で雪菜さんとお会いになりました。そこで別れ話が成立したそうです」

宮木は淡々《たんたん》と言ったが、どうせ無理やり別れを承諾《しょうだく》させられたんだろうと、誠一は思った。本妻に「別れろ」と詰《つ》め寄られれば、どうしようもない。訴《うった》えられて慰謝料《いしゃりょう》を請求《せいきゅう》されても、文句は言えないのだ。

「雪菜さんは辞表を出して、当時住んでいた家からも転居されました。祥一郎氏は手を尽《つ》くして捜されたのですが、見つけるまでにかなりの月日を費《つい》やされたようで…」

「……本気で捜さなかったんじゃねーの。金持ちなんだから、私立探偵《たんてい》でもなんでも雇《やと》えば、すぐに見つかりそうなもんじゃん」

「奥さまが、身体《からだ》を壊《こわ》されましたので。祥一郎氏も、それなりに遠慮《えんりょ》されたようです」

フーン、と誠一はどうでもいい返事をする。

適当なことを言ってる、としか思えなかった。妻のいる人間と不倫したのは雪菜も悪いかもしれないが、知らなかったとはいえ身重の彼女を放《ほう》り出した男のほうにも責任があると思うのだ。卑怯《ひきょう》だし、無責任だと思う。それが――誠一の父親だというのだ。

「ようやく雪菜さんの居所がわかった時には、もうご結婚されて息子さんがいらっしゃって…――まさか、ご自分の子供とは思わなかったようで、遠くから幸せを祈《いの》ることしかできなかったのです」

「……年、数えりゃわかりそーなもんなのにさ」

容赦《ようしゃ》ない誠一の言葉に、宮木は微《かす》かに目を伏《ふ》せた。

それぞれに事情があり、思うようにできなかったのだということは、誠一にもなんとなくわかる。だが、嫌味《いやみ》の一つくらいは言わせてほしかった。

「祥一郎氏も、実は『もしかしたら』という思いはあったのです。ですが、突然《とつぜん》訪ねていくわけにもいきませんし、雪菜さんが幸せならそれでいいと考えたのでしょう。なにかあった時には、もちろん助けるつもりだったと思います」

「でも、助けてくれなかったろ。母さんが事故で死んだ時だって、そんな人は葬式《そうしき》に来なかった！」

たまらなくなって、誠一は声を上げた。

もしも本当の父親が生きていたのなら——自分を引き取ってほしかった、と思う。引き取ってくれた章悟を恨《うら》む気持ちはないけれど、自分さえいなければ章悟と遥子の家庭はもっと安らかだったのだと思うとやりきれない。そして、誠一も卑屈《ひくつ》な思いで毎日を過ごさなくてもよかったのだ。

「雪菜さんが亡《な》くなられた時、祥一郎氏は海外におられましたので、ご存じなかったのです。帰国した時にはすでに、誠一さんはこちらに引き取られていましたし、奥さまに……ご遠慮もあったのです」

当然だわ、と遥子が聞こえよがしに呟《つぶや》いた。妻としての立場から、不倫をしていたという雪菜を非難するような口振《くちぶ》りだった。

「先ほども申しましたように、祥一郎氏は四月に亡くなられました。遺品の整理をしていて、奥さまは誠一さんの存在をお知りになりました」

「激怒《げきど》したんじゃねーの？」

誠一はヘッと笑いながら言った。

「……奥さまは、誠一さんを跡継《あとつ》ぎとして引き取りたいとおっしゃっています」

「はあ⁉」

思わず声を上げた誠一に、章悟が神妙《しんみょう》な顔つきで頷《うなず》く。どうやら、誠一が帰ってくる前に、話はそこまで進んでいたらしい。

「……引き取るって…俺を？　憎《にく》い愛人の息子なんじゃねーの、俺。……ってことは、手元に引き取って、憎しみのあまりイビり倒《たお》そうって魂胆《こんたん》？」

「そうではありません」

宮木は真面目《まじめ》に否定する。

「羽鳥本家には、跡継ぎがいないのです。奥さまには、お子さまがおられません」

誠一は黙《だま》って、宮木を見た。宮木も誠一の目を、じっと見返す。

涼《すず》しげで綺麗《きれい》な目だと、誠一は思った。目の奥にある力に、吸い込まれてしまいそうな気がする。このまま、誠一の意思など無関係に、有無《うむ》を言わせず連れていかれそうな恐怖《きょうふ》がじわりと湧《わ》き起こってきた。

「冗談《じょうだん》じゃねーよ」

気圧《けお》されていると悟《さと》られるのはシャクだったが、誠一は目を逸《そ》らして吐《は》き捨てた。

「子供がいないからって、なんで俺が引き取られなきゃなんないんだよ。フザケんなよ、今ごろになって」

「あら、でも子供は実の親が育てるのが一番だわ」

渡《わた》りに船とばかりに、遥子が嬉々《きき》として割り込んだ。それを、章悟が諫《いさ》める。

「実の親は、もういないんだ。あちらにおられるのは、誠一にとってはまったくの他人なんだからな」

遥子がムッとしたように、章悟を睨《にら》む。それを無視して、章悟は宮木に言った。

「申しわけありませんが、そういうことでしたらお断りします。妹は……雪菜は、いくら聞いても父親の名前を絶対に言おうとしませんでした。この子は私の子供だと…私だけの子供だから、一人で産んで育てるという一点張りで……事実、必死で頑張《がんば》っていたんです。縁《えん》あって、江口《えぐち》さんと結婚《けっこん》してからは比《ひ》較的裕福《かくてきゆうふく》な生活を送れましたが、それだって長く続かずに、あんなに若くして亡くなった。妹が愛して育てた誠一は、今では私の息子《むすこ》です。大切な息子です。引き取りますと言われて、ハイそうですかと渡すわけにはいかない。妹があまりに不憫《ふびん》です。妹は、羽鳥さんとはすでになんの関係もないんです」

誠一の胸に、暖かいものが込み上げてきた。

章悟が「大切な息子だ」と言ってくれた。普段《ふだん》、気の強い遥子に圧されて、表立って誠一を構ってくれるようなことはあまりない父親だが、そんなふうに思っていてくれるとわかっただけで嬉《うれ》しかった。

ちらりと視界の隅《すみ》に映った遥子の顔は、見る見る不機嫌《ふきげん》なものになったが、誠一は口元が綻《ほころ》びそうになるのを止められなかった。

宮木はフウと小さく息をつき、まっすぐに章悟を見る。

「それでも、誠一さんは祥一郎氏の息子です。ＤＮＡ鑑定《かんてい》でも、明らかです」

「ＤＮＡ鑑定⁉」

いつのまにそんなことをしたのかと、誠一は驚《おどろ》いた。

「奥さまの依頼《いらい》で、調べさせていただきました」

「……あのなァ、そういうのって人権侵害《しんがい》なんじゃないの？」

憤《いきどお》る誠一に、宮木は無表情に「申しわけありませんでした」と頭を下げた。まったく誠意の感じられない謝り方だ。

「あとになって、祥一郎氏の子供ではないとわかって、問題が起こっても困りますので」

「フザケんなよ、勝手なことばっかり」

「もうお帰りください。この話は、聞かなかったことに…」

章悟が早々に話を切り上げようとする。

「ですが――……先ほど、沢村さんは誠一さんを大切な息子さんだとおっしゃいましたが、私にはその言葉どおり、大切にされているようには見えません」

「なんですってェ⁉」

いきり立ったのは、遥子だった。

「失礼なことを言わないで！　血の繋《つな》がりもない子を、私はちゃんと育ててるわ！　ろくに知りもしないで、いい加減なことを言わないでよっ」

「先日、ご子息……健一くんでしたか、お誕生日だったんですね」

唐突《とうとつ》に、宮木が言う。

誠一はハッとして、「やめろよ」と言いかけた。が、それには目もくれず、彼はさらに言葉を継《つ》いだ。

「〝フェリチタ〟というレストランで、ご家族でお食事をされたんでしたっけね」

「そんなこと、今は関係ないでしょう。探偵《たんてい》に尾行《びこう》でもさせてたの⁉　いやらしい」

「そのころ、誠一さんがどこにいらっしゃったかはご存じですか？」

ギョッとした誠一を、章悟が目を丸くして見、遥子は恐《おそ》ろしい目つきで睨んだ。

「ご家族のお祝いに、誠一さんは同席を許されなかった」

「あんた、そんなことをこの人に言ったの⁉」

責められて、誠一は言葉に詰《つ》まる。

「なにを僻《ひが》んだことを言ったか知らないけど、この子はね、勉強が大変だっていうから連れていかなかっただけですよ。こっちは、誠一のためを思って…」

「そうですか。……ところで、誠一さんには、亡くなられた養父と雪菜さんの遺産、その他事故死による保険金などが支払《しはら》われていて、沢村さんご夫婦《ふうふ》が後見人となって管理されているんでしたね」

途端《とたん》に、遥子の顔から血の気が引いた。

「そ、それが、なにか…」

「誠一さんが成人されるまでは後見人が管理されることになったわけですが、それは誠一さんの財産であって、いかに養子縁組したとはいえ、沢村さんご夫婦の自由にできるものではないはずですね」

「なにが言いたいの」

遥子の声が震《ふる》えている。章悟は与《あずか》り知らぬことなのか、訝《いぶか》しげに遥子の顔を見ていた。

「こちらのマンションのローンは、昨年すでに完済されたそうですね」

冷たい突《つ》き放すような口調だった。

「それだけでなく、たびたび預貯金を引き出されているようですが」

「それは、誠一のために……学費だってかかるし、……必要経費よ！」

「本当にそうでしょうか」

「息子の金を、母親が使ってなにが悪いの！」

逆ギレの勢いで、遥子が喚《わめ》く。

両親が誠一に遺《のこ》した財産を、遥子は健一と自分の日々の贅沢《ぜいたく》のために湯水の如《ごと》く使っていたのだ。

なんてことだと、章悟が頭を抱《かか》えた。

「ことを荒立《あらだ》てたいわけではありません。もっとも、誠一さんに訴《うった》えるお気持ちがあるのでしたら、その準備は整っております」

「俺は、そんなことは…」

誠一自身は、遺産がどれくらいあったのかなんて、詳《くわ》しいことは知らない。引き取られた当時は子供だったし、聞かされても理解できなかっただろう。

だが、知っていたら、まるで居候《いそうろう》のように小さくなっていることはなかったのかもしれない、とは思う。金がかかるからと、遠慮《えんりょ》していたことも多々あったのだ。

「失礼ですが、羽鳥家にとっては、微々《びび》たる額です。そちらが、誠一さんとの養子縁組を解消してくださるなら、不問と致《いた》しましょう」

あんたたちには関係ないんじゃないか？　と誠一は思ったが、後ろめたいところのある遥子と、知らなかったではすまされないと項垂《うなだ》れている章悟には、もう考える気力が失《う》せていたのかもしれない。

脱力《だつりょく》して椅子《いす》の背に凭《もた》れ込む姿は、ひどく小さく見えた。

誠一は、もうなにも言えなかった。黙《だま》って、そんな二人を見ていた。

「……結局俺は、お母さんが使い込んだ端金《はしたがね》のために、売られるんだろ」

見送るつもりはなかったが、「とりあえず今日はこれで」と立ち上がった宮木のあとを、なんとなく誠一は追いかけた。

いきなりいろんなことを聞かされて、頭の中はぐちゃぐちゃだ。できることなら、もうちょっと小出しにしてほしかったと思い、いや、やはり一度に聞かされたほうがショックがだらだらと長引かないのかも、と考え直す。

「人聞きの悪い。……まあ、金で片がつくなら楽なものでしょう」

マンションのエントランスで、宮木は足を止めた。

「よく考えてみてください。なにが得で、なにが損か。貴方《あなた》にとって、沢村の家でこのまま暮らすことが本当にいいのかどうか」

「……だからって、そっちに引き取られても幸せとは思えない」

「それは貴方の努力次第《しだい》です。芙有香《ふうか》さまはプライドが高く、難しいお方だが、人を見る目はあります」

「芙有香さま？」

誰《だれ》？　と聞き返した誠一に、宮木は「奥さまの名前です」と教えてくれる。

「羽鳥家に来れば、努力次第で道は開ける。ここにいれば、貴方の道は閉《と》ざされたままだ。貴方に自由はない。養母に押さえつけられ、弟にまで侮《あなど》られて、貴方を唯一《ゆいいつ》愛してくれているらしい伯父上《おじうえ》にはたいした力はなさそうだ」

歯に衣《きぬ》着せぬ物言いだったが、なまじ当たっているだけに返す言葉がない。

「……この前会った時、あんたは俺のこと知ってたのか？」

ふと思い出して、誠一は聞いた。

「はい。半分は予定外でしたが」

「半分？」

「沢村家を訪ねる予定で、貴方を尾行させてもらっていました」

「素行調査？」

そのようなものだ、と宮木は認める。

「俺はあんたの目には、どんなふうに映った？」

「生まれは確かでも、人間は環境《かんきょう》によって変わるものだと」

どういう意味？　と誠一は首を傾《かし》げた。

「躾《しつけ》がなっていない。行儀《ぎょうぎ》が悪いし、教養もない。性格も問題ありだ。小さなことから一つ一つ、教えることが山ほどありそうだ」

そんなにけなすことはないだろうと、ムッとする。

「あんたさ…」

「〝あんた〟じゃない。名前を呼びなさい」

知らねーよ、と誠一は背を向けた。

宮木が敵なのか味方なのか——誠一にはまだわからなかった。そして、これから自分がどうなっていくのかも。

都心から離《はな》れた海に近い閑静《かんせい》な町に、その屋敷《やしき》はあった。

道路が混んでいたのでかなり時間がかかったが、電車でなら約一時間半ほどだろうか。

ほとんど揺《ゆ》れを感じさせない、贅沢に広い後部シートに身を沈《しず》めて、誠一はぼんやりと窓の外を流れていく風景を眺《なが》めていた。

景色は、建ち並ぶビルに代わって、次第に空が広くなってくる。住宅というよりは、邸宅《ていたく》といったほうが正しいような、家並が続く。

「このあたり一帯は、すでに羽鳥家所有の土地です」

二人分くらいの間を空けて隣《となり》に座っている宮木一臣が、さりげなく説明してくれた。

フーン、と気のない返事をしながら、誠一は欠伸《あくび》を嚙《か》み殺す。

ここ数日、あまりよく眠《ねむ》れなかったため寝不足《ねぶそく》で、疲労《ひろう》も相俟《あいま》って眠気が込み上げてくる。

といって、ここでグースカ眠れるほど、神経は太くない。

宮木が沢村家を訪ねた二日後、誠一は羽鳥家に行くことを承諾《しょうだく》した。

なにが得でなにが損か、よく考えろと言った宮木の言葉どおり、損得勘定《かんじょう》で決めたわけではなかった。ただ、宮木が去ったあとの沢村家は、修羅場《しゅらば》と化したのだ。

常に黙って波風を立てずにいた章悟が、珍《めずら》しく遥子を罵《ののし》った。誠一に遺《のこ》された財産に、こっそりと手をつけた遥子をさすがに許せなかったらしい。

遥子は逆ギレして、八つ当たりの勢いで、誠一に「出ていけ」と怒鳴《どな》った。

そんな衝動《しょうどう》的な言葉に、素直《すなお》に従ったというのでもない。誠一自身が、沢村家にいることに耐《た》えられなくなったのだ。

誠一がいなければ、この家はそれなりに上手くいき、家族は穏《おだ》やかに暮らせるだろうと思った。もちろん遥子は細かいことで不平不満を絶えず訴《うった》えるだろうが、よほどのことではない限り、章悟はそれを鷹揚《おうよう》に聞き流すだろう。健一は遥子に変わらず溺愛《できあい》され、章悟も誠一に気兼《きが》ねせずに実子である健一に接することができる。

自分がいなければ——誠一にとって、沢村家にいても羽鳥家に行っても、どっちにしても地獄《じごく》かもしれない。だが、同じ地獄ならば、せめて伯父《おじ》の恩に報《むく》いたかった。誠一のことを「大切な息子《むすこ》だ」と言ってくれた。感謝の思いを込めて、幸せになってほしい、と誠一は願った。

引き取ってもらったという引け目にも似た思い——感じる必要はないとわかっていながらも、どうしたって拭《ぬぐ》いきれるものではなかったのだ——に縛《しば》られて、この先ずっと遠慮《えんりょ》しながらあの家にいるよりも、いっそ周囲が皆《みな》他人という環境のほうが、自分を出せる。反抗《はんこう》できるという、自由もあるだろう。

二日後にかかってきた宮木の電話に、「行くよ」と誠一は答えた。

章悟は「それで本当にいいのか」と悲しそうに誠一を見て、もう決めたことならしょうがないと言った。

「養子縁組《えんぐみ》を解消しても、お前と俺は伯父と甥《おい》の関係だし、俺は変わらずお前を息子だと思っている。なにか困ったことや、つらいことがあったら、いつでも帰ってきなさい」

そう言って、誠一を抱《だ》きしめてくれた。「お前のためになにもしてやれなくてすまなかった」とも言った。

誠一は、章悟をとても好きだった。父として、伯父として。頼《たよ》りなく、あまりアテにできない人物ではあったが、それはしょうがないことなのだとも思えた。少なくとも、雪菜が亡《な》くなった時に、誠一を路頭に放《ほう》り出さなかっただけでも感謝している。

遥子は「今まで育ててやった恩も忘れて」と、なぜか憤《いきどお》った。さっさと本当の家族のもとに行けとか、出ていけと言いながら、いざ行くとなるとまた誠一を責めるのだ。結局、なにをしてもしなくても腹が立つのだろう。

彼女が実のところなにを考えているのか、誠一にはさっぱりわからない。こういう人だからしょうがないのだと、あきらめるしかないらしい。

健一がどの程度事情をわかっているかどうかは不明だが、彼は誠一が挨拶《あいさつ》をして出ていく時も、ゲームの画面から顔を上げようとしなかった。

この先永遠に、誠一があの家にいなくなったことに気づいて、健一がどう思うか——せいせいしたと思うか、少しは寂《さび》しく感じるか、それはもう考えないことにした。誠一にとって、それはどうでもいいことだった。健一に対して、弟として、今は従兄弟《いとこ》としての情がないこともないけれど、だからといってどうすることもない。抱きあって別れを惜《お》しまなくても、別れは別れだ。会わなくなれば、それで終わりなのだ。

「あともう十分ほどで到着《とうちゃく》します」

相変わらずの無表情で、宮木が言った。

「……奥さんって、どんな人？」

外に向けた視線を動かさずに、誠一は尋《たず》ねる。

「どんな、とは？」

聞き返されて、誠一はちらりと宮木を見た。

「どんな、は、どんなだよ。美人、とかさ」

「誠一さんがそんなことを気にかけるとは、思いませんでした」

「……悪かったな」

一応戸籍《こせき》上だけとはいえ、母親になる人なのだ。綺麗《きれい》な女性ならそれなりに嬉《うれ》しいし、痩《や》せているのか太っているのか、背が高いのか低いのか、興味を持って当然だろう。

もっとも、旦那《だんな》の浮気《うわき》相手に直談判《じかだんぱん》するような女性なら、性格は推《お》して知るべしだが。

「ま、どうせあと十分で会えるから、いいけどさ」

「芙有香さまにお目どおりが叶《かな》うのは、三か月後です」

「え？」

お目どおりというのは会うってことか？　と誠一は首を傾《かし》げる。それが、三か月後？　今じゃなくて？

「……日本にいないわけ？　親父《おやじ》が亡くなって、代わりに会長職に就《つ》いてるとか？」

「基本的に、羽鳥本家の人間は働く必要はありません。祥一郎氏は働くことがお好きでしたので、半分趣味《しゅみ》で会長職に就かれていましたが」

なんだそれは、と誠一はムッとする。

趣味で働いていた？　働かざる者食うべからずという言葉を知らないのか、と言ってやりたくなる。

「羽鳥グループって、いくつも会社経営してんじゃねーの？」

「分家の者たちが、本家当主の手足となって働きます」

おいおい今何時代だよ？　と聞きたくなるようなことを、宮木は澄《す》まして言って退《の》ける。時代錯誤《さくご》も甚《はなは》だしい。

「じゃあ、俺が跡継《あとつ》ぎってことは、当主になったら働く必要はないってこと？」

「そうですね」

「それ、おかしくね？　じゃあ、俺はなんのために引き取られるんだよ？」

「……本家の血筋を残すためです」

キョトンと、誠一は宮木を見た。

血筋を残すため？　それだけのために引き取られるというのは、どういう意味なのか。

「本家とか、分家とかよくわかんねーんだけど」

「屋敷《やしき》に到着してから、詳《くわ》しく説明致《いた》します。それから、家の者にご紹介《しょうかい》致しますので」

「あのさァ、あ…」

あんた、と言いかけて、慌《あわ》てて言い直す。

「宮木さんは…」

「今後は〝一臣〟と、名前のほうでお呼びください。名字では紛《まぎ》らわしいこともありますので、皆名前で呼びあいます。宮木も、分家の一つです」

宮木がそこまで言った時、車は立派な門の前で停《と》まった。

話すのをやめて、誠一はじっとその門に目を据《す》える。ゆっくりと門が開き、運転手は再び車を発進させた。

宮木が「十分で着く」と言ったのは、この門までのことだったらしい。車はそのまま、門内の道を走る。門から玄関《げんかん》までいったいどれだけ遠いのか、と誠一が半ば呆《あき》れたころ、ようやく正面玄関に到着した。

運転手が車を降り、後部扉《とびら》を開けてくれる。

宮木に続いて、誠一も車を降りた。その場に立ち竦《すく》んで、大きな屋敷を見上げる。

造りは古いが、構えは立派でやたらと広そうな家だった。邸内《ていない》でかくれんぼをしたら、見つけてもらえるまでに遭難《そうなん》するんじゃないか、と揶揄《やゆ》してやりたかったが、とてもそんな雰囲気《ふんいき》ではないので、誠一は黙《だま》っている。

「こちらです」

歩き出した宮木のあとに、誠一はついていく。

旅館のような玄関を入ると、中年の女性が三人出迎《でむか》えてくれていた。

「おかえりなさいませ」

――と言われても、「ただいま」と言うのは変だろう、と誠一は返事に困る。

「この方が、誠一さんです。皆《みな》には、またあとで改めて紹介の場を設けますので」

宮木の言葉に、三人は深々とお辞儀《じぎ》した。

靴《くつ》を脱《ぬ》ぎ、誠一は中に入った。

置いていかれたら本当に迷ってしまうかもしれないと思い、見失わないようぴったり宮木にくっついて歩く。本当に、旅館か美術館のような広さだ。

「とりあえず、こちらへ」

案内されたのは、リビングらしき一室だ。大きなソファがくの字形に置かれ、骨董品《こっとう》らしき壺《つぼ》や絵画が飾《かざ》られている。

「どうぞ。疲《つか》れたでしょう」

促《うなが》され、誠一はソファに腰《こし》を下ろした。

どこかで見ていたようなタイミングで、お茶が運ばれてくる。さっき玄関で出迎えてくれたのとは、また違《ちが》う中年女性だった。

「ざっと説明を先に致します」

斜《なな》め向かいの位置に座った宮木が、お茶を勧《すす》めながら口を開く。喉《のど》が渇《かわ》いていたので、誠一はありがたく湯飲み茶碗《ぢゃわん》に口をつけた。

「……ぬるいな」

「玉露《ぎょくろ》です」

すかさず言われたが、誠一は「なにそれ」と首を傾《かし》げる。宮木は小さくため息をついただけで、それ以上なにも言ってくれない。

「誠一さんには、こちらの屋敷で教育を受けて頂きます」

「教育…？　勉強するのか？　家庭教師でもつけて？」

「私が教えます。すでに転校手続きはすんでおりますので、昼間は高校に通ってもらいます。私が教えるのはそれ以外……基本的な行儀作法や、言葉遣《ことばづか》い、羽鳥家の跡継ぎとして恥《は》ずかしくないだけの教養を、一から叩《たた》き込みます」

「……あんた、っと、一臣さん、仕事があるんじゃねーの？」

確か、章悟は「羽鳥グループに勤めている」と紹介していたはずだ。羽鳥グループ内の企業《きぎょう》のどれかの社員なわけで、誠一にばかりかまけているわけにはいかないんじゃないかと思われた。

「一応、誠一さんが高校に行っておられる間に仕事もしますが、貴方《あなた》の教育係を任されていますので、ある程度融通《ゆうずう》が利《き》きます」

「教育係」

思わず誠一は復唱した。ご大層なことだと思う。この家の造りといい、分家だの本家だの教育係だのと、本当に時代錯誤だ。

「車の中での説明の続きですが……」

改めて宮木は切り出し、本家と分家の説明を始めた。

「……ここ羽鳥家が本家です。不思議なことに、本家には常に男のお子さまが一人しか誕生されません。その方が、ずっと本家を継《つ》いでこられました」

「ほかに娘《むすめ》はいるってこと？」

「そうです。お嬢《じょう》さま方がお嫁《よめ》入りされた先が、分家となります」

「一臣さんちも、そうなんだ？」

はい、と宮木は頷《うなず》いた。

「母方の曾祖母《そうそぼ》が、本家筋の血を引いています。……分家の人間は、生まれた時から本家のために働くように教育されます」

「ねえねえ、ここホントに現代日本？　どっかで時間軸《じく》間違ってねー？」

笑いながら言った誠一の言葉を、宮木は無視した。

「亡《な》くなられた祥一郎氏と芙有香さまの間に、お子さまはいらっしゃいませんでした。このままでは本家の血筋が絶えてしまいます。絶えるよりはマシかと、分家より一番本家の血が濃《こ》いと思われる者を、養子に迎《むか》える準備が進んでおりました」

ふうん、と誠一は頷く。

「だったら、俺はいらねーんじゃねーの？」

「貴方は、本家の血を引く正統な後継者《こうけいしゃ》です」

「…って、分家っつったって、もとは本家だろ？」

「直系の男子ではありません」

宮家じゃあるまいし、なぜそんなに直系男子に拘《こだわ》るのか、誠一には理解できない。そのためにわざわざ自分を捜《さが》し出して、跡継ぎに据《す》えようという気持ちも、だ。

「あのさー……芙有香さま？　は、俺のことどう思ってんの？　昔、母さんを追い出した人だろ。憎《にく》い愛人が産んだ俺のことは、やっぱり憎いんじゃねーの？」

「この際、そのようなことは言っていられません。ですが、確かに庶出《しょしゅつ》ということもありますので、連れてきてすぐに跡継ぎに据えるというわけにはいかないのです。そこで…」

宮木がそこまで言った時、いきなりドアが開いた。そうして、あまり人相のよくない男が、ズカズカと入ってくる。

「そいつか。本物なんだろうな？　跡継ぎの座を手に入れるために、適当に町で拾ってきたんじゃないか？」

「失礼な」

宮木は、入ってきた男をギロリと睨《にら》みつける。なまじ容姿が整っているだけに、怒《おこ》った顔はギョッとするような迫力《はくりょく》だったが、男は慣れているのかけろりとしている。

「どうぞよろしく、坊《ぼっ》ちゃん」

宮木を無視し、誠一の前に来ると仰々《ぎょうぎょう》しく頭を下げた。「誰《だれ》？」と誠一は宮木に、目で問いかける。

「彼は、西島徹《にしじまとおる》。やはり分家筋にあたる者で、聡太《そうた》さんの教育係を務めています」

「聡太さん？」

って誰だよ、と誠一が首を傾げた時、開けっ放しだったドアの向こうから、ひょっこりと華奢《きゃしゃ》な少年が顔を覗《のぞ》かせた。

「徹さ——……あ、一臣さん。お戻《もど》りだったんですか」

その言葉に、宮木が頷く。

「道が渋滞《じゅうたい》していたので遅《おそ》くなりました。一通り説明してから、聡太さんに紹介《しょうかい》するつもりでしたが…」

こいつが聡太か、と誠一はマジマジと彼を眺《なが》めた。

宮木は立ち上がり、聡太のそばに行くと、誠一を振《ふ》り返って手で示す。

「こちらが、誠一さんです。聡太さんと同じ十六歳ですよ。明日からは、同じ高校に通われます」

「えっ」

声を上げたのは、誠一だった。

全体的に小作りな印象だったので、てっきり自分よりも聡太は二、三歳くらい年下だと思っていたのだ。

「……伯父《おじ》さまに、似ていない」

聡太がぽつりと呟《つぶや》いた。

「お母さま似なのでしょう」

フォローするでもなく、宮木が言う。

「ふうん。では、伯母《おば》さまには好かれないかもしれませんね」

嘲笑《あざわら》うような目つきで誠一を見、聡太はちょっと得意そうな表情を浮《う》かべた。

——なんだ、コイツ？

誠一はムッとした。

どこの誰かは知らないが、初対面でそういう態度はないと思う。

顔形は可愛《かわい》らしく黙《だま》っていればお人形のようなのだが、性格は悪そうだ、というのが誠一にとっての聡太の第一印象だった。

「先ほどお話ししておりました、芙有香さまが養子に迎えられる予定だった候補です。山中《やまなか》聡太さんです」

なるほどね、と誠一は頷いた。

「……血が濃いとかいう、分家の子か」

誠一の呟きに、聡太は不愉快《ふゆかい》そうに眉根《まゆね》を寄せる。

「僕の母は伯父さまの妹で、父は三代前の当主の姉の孫にあたります」

それが自慢《じまん》のように彼は言ったが、誠一は、それって近親婚《きんしんこん》なんじゃないの？と指を折って考えた。

「父親が、……三代前ってことは……えーと、ひい祖父《じい》さんの姉ちゃんの孫？　って、チョー遠くね？」

「両親とも、本家の血を引いている」

正面切って、聡太は誠一を睨みつけた。

「へー、そう。……よかったね」

「君なんか、妾腹のくせに！」

「聡太さん」

どうでもいいような誠一の返事にカッとした聡太が思わず声を上げ、それを宮木が窘《たしな》めた。

つまり、自分が現れたばかりに、養子縁組《えんぐみ》できなくなった聡太が腹を立てているのだろう、と誠一は思ったのだが――それは微妙《びみょう》に違《ちが》ったようだ。

「説明がまだ終わっていませんので…」

宮木は、聡太と西島に向かって目礼し、再び誠一に話しかける。

「……どこまでお話ししましたっけ」

「俺を連れてきても、すぐに跡継ぎとは認められないとかゆーとこだよ」

そうでした、と宮木はふっと目元を和《やわ》らげた。

「芙有香さまは、貴方が本家跡継ぎに相応《ふさわ》しい人間かどうかを見極《みきわ》めるとおっしゃいました。これから三か月間の猶予《ゆうよ》期間を設けて、最低限必要な教育を施《ほどこ》し、本家を任せるに値《あたい》するとわかれば正式な跡継ぎとして手続きを行います。仮に、貴方が跡継ぎとして相応しくない人物と判断した場合――」

「身ぐるみ剝《は》いで放《ほう》り出すって？」

あんまりな話に、誠一は自嘲《じちょう》気味にそんな軽口を挟《はさ》む。

人間として、屈辱《くつじょく》的な扱《あつか》いだと思うのに、宮木はもちろん、聡太も西島も当然のような顔をしているのだ。

「……まあ、それに近いですが……――貴方《あなた》が本家直系男子である以上、その血は受け継《つ》がれなければなりません。芙有香さまが選んだ女性と婚姻《こんいん》し、子供を作って頂きます。男子であれば、聡太さんの養子に迎《むか》えます。その上で貴方には、ここから出ていってもらうことになります」

「最悪、手っ取り早く精子だけ提供してもらうってこともありだろ」

西島が言った。最初からそうすればいいのに、と言いたげな口振《くちぶ》りだ。

「誠一さんが、祥一郎さまの血を引いておられる以上、最初からそういう扱いはできません。本家の男子として…」

「ちょっと待てよ」

誠一は、黙っていられなくなった。フザケるな、と怒鳴《どな》りたい気分だった。

「……あんたは俺に、沢村の家にいれば自由はないって言ったな。ここにくれば自由だと。どこが自由なんだよ？　俺が跡継ぎとして相応しくなかったら、子供だけ作れ？　俺は種馬かよ。いや、種馬以下の扱いだろ！　すでに」

「ですから、跡継ぎとして認められればいいんです」

「あのなァ、どうせ跡継ぎとして認められたって、子供作るために適当な女をあてがわれて、この家ん中で飼い殺しにされるんだろ！」

「貴方が当主となれば、誰《だれ》もが従います。もちろん、誰とでも自由に恋愛《れんあい》して結婚するというわけにはいかないでしょうが、相応しいお嬢《じょう》さま方の中から、お好きな方を選んで頂けます」

「なにさまだよ!」

堪《こら》えきれなくなって、誠一は怒鳴った。途端《とたん》に「あーあ」と聡太が肩《かた》を竦《すく》める。

「一臣さん、彼は無理だよ。伯母さまの一番嫌《きら》いなタイプだ。すぐ感情的に怒鳴って、言葉遣《ことばづか》いも乱暴だ。見た目だけでもマイナスなのに、中身もこれじゃ先が見えてる」

「……私が教育します」

一歩も引かずに言い切った宮木に、聡太はぐっと言葉に詰《つ》まった。悔《くや》しげに唇《くちびる》をキュッと噛《か》んで、彼は身を翻《ひるがえ》す。

「時間の無駄《むだ》だと思うけどね」

そんな捨て台詞《ぜりふ》を残して、聡太は部屋を出ていってしまった。

「お手並み拝見、だな」

ニヤリと笑い、西島は彼のあとに続く。バタンとドアが閉まって、部屋にはまた誠一と宮木だけが残された。

「バカバカしい」

誠一は吐《は》き捨てる。

「つきあってられない。俺は帰る」

静かに、宮木が聞いた。立ち上がりかけた誠一は、その言葉に動きを止める。

「どこへ？」

――どこへ。

どこに帰るというのか。沢村の家には、戻《もど》れない。つらいことや困ったことがあればいつでも戻ってこいと、章悟は言ってくれたが、だからといって一日も経《た》たないうちに逃《に》げ帰ることなどできるだろうか。

「……戻っても地獄《じごく》、進んでも地獄か」

呟《つぶや》いて、誠一はソファに深く座り直した。

「当主になったら、俺は自由になれる？」

「貴方次第《しだい》です」

整った綺麗《きれい》な顔が、誠一をじっと見た。

「あんたが――一臣さんが、一から教えてくれるのか」

「私の知識のすべてを貴方に与《あた》えます。貴方はただ努力すればいい。結果は自《おの》ずからついてきます」

そう言われても、よし頑張《がんば》ろう、という気力はなかなか湧《わ》いてこなかった。

「あらゆる面で、誠一さんが聡太さんを上回ること。それが、芙有香さまの示した条件です」

「……あらゆる面……」

とりあえず、背は俺のほうが高いけど、と誠一は思ったが口には出さなかった。宮木が失笑《しっしょう》するだろうことは、目に見えていたからだ。……いや、無視するだろうか。

「聡太さんは、優秀《ゆうしゅう》な方です。利発で、学校の成績も優秀、運動神経にも優《すぐ》れ、機転が利《き》き、さらにあの容姿です」

ベタ褒《ぼ》めの台詞に、誠一は少し嫌《いや》な気持ちになった。僻《ひが》みではなく、自分の教育係なのだから、聡太ではなく自分をもっと気にかけてほしいと思う。

「もちろん、単に容姿の問題だけなら、誠一さんも負けてはいません。貴方はとても綺麗だ。だが、聡太さんが言ったように……雪菜さんによく似ておられる。それがマイナスに繋《つな》がるかどうかは、私にはなんとも言えません。ですから、とにかく内面を磨《みが》いてください。高校一年の春までの成績は、貴方も優秀だったはずです」

全部調査済みかよ、と誠一は不貞腐《ふてくさ》れる。

本当に――ここのどこが、自由だというのか。

「芙有香さまとの対面は、年が明けてからになります。それでは、お部屋にご案内しましょう」

宮木は立ち上がった。促《うなが》され、誠一は彼のあとに続く。

ありえないと否定しながら、もう戻ることはできないのだと思い知らされる。ならば、進むしかない。

薄暗《うすぐら》い廊下《ろうか》を歩きながら、誠一は前を歩く宮木の背中をじっと見つめた。

彼のあとについていくこと——今はそれしかなかった。

■□■

「高校生活はいかがですか？　なにかご不自由なことがあれば…」

誠一が羽鳥家に来て、三日目——。

一緒《いっしょ》に夕食を摂《と》りながら、宮木が聞いた。

給仕をしてくれているのは、林葉《はやしば》という中年の女性だ。彼女も分家の出だというが、かなりの遠縁《とおえん》にあたるらしい。

分家の者だからといって、もちろん全員が本家に仕えているわけではない。分家の中でも選《え》りすぐりの者だけだという。分家同士でも力関係があり、本家から遠ければ遠いほど、その家は格下ということになる。分家の人間にとっては、本家に仕えることが一番の名誉《めいよ》であり、取り立ててもらえることは即《すなわ》ち秀《ひい》でていると認められることなのだ。

時代錯誤《さくご》だ、と誠一はそんな説明を聞いて、また思った。昨日まで自分がいた世界と、ここはまるで別世界だ。古い時代にタイムスリップしたような感じさえする。

屋敷《やしき》を出て、学校に行けばそんな感覚はなくなるだろうかと思ったのだが——。

「……まだ二日しか行ってないから、よくわからない。ただ…」

無愛想に、誠一は答える。

宮木が勝手に手続きをした転校先——優徳《ゆうとく》高等学校もまた、不思議な空間だった。

「ただ？」

曖昧《あいまい》にごまかそうとした言葉尻《ことばじり》を捉《とら》え、宮木が聞いてくる。誠一は軽く肩《かた》を竦《すく》めた。

「や、なんでもねーけど」

「そういう時は、〝いいえ、なんでもありません〟と言いなさい。私に対して敬語を使う必要はありませんが、今の貴方の場合、誰《だれ》に対しても丁寧《ていねい》な言葉遣いを心掛《こころが》けてください。普段《ふだん》の言葉遣いにも気をつけて、直すところから始めてください」

ピシリとチェックが入り、誠一はムッと眉間《みけん》に皺《しわ》を寄せる。宮木は、なにかと口うるさい。それこそ箸《はし》の上げ下ろしから、食事時の姿勢までいちいち注意する。

「……それで？　些細《ささい》なことでもかまいませんから、学校内での話をしてください」

なんでもない、と言ったのに、彼はそれで済ませてはくれないらしい。仕方なく、誠一は口を開く。言葉遣いに気をつけなければと思うと、喋《しゃべ》るのも面倒《めんどう》になる。

「まるで珍獣《ちんじゅう》扱いだよ、……と、です。誰もが遠巻きにしていて、近づいてこない。転校生だからといっていじめられることもないけど、友好的でもない。……です」

意識するあまり、変な言葉遣いになってしまった。だが、宮木はニコリともせずに、そうですか、と頷《うなず》く。

「優徳には、分家の者が多く通っています。彼らは、貴方《あなた》に対してどう接すればいいのか、迷っているのでしょう。誠一さんは、まだ正式に本家の跡継《あとつ》ぎと認められたわけではなく、貴方の出生についても、知らない者はいない。ですが、跡継ぎの候補であるのもまた事実で、あからさまに親切にして近づけば、取り入っていると思われても無理はないし、聡太さんへの気兼《きが》ねもある。皆《みな》、お互《たが》いに牽制《けんせい》しあっているのだと思います。そのうち慣れれば、話しかけてくる者もあるでしょう。どうぞ気になさいませんように」

気にするなと言われて、そうだな、と素直《すなお》には頷けない。

「そういう時のために、聡太さんと同じクラスにして貰《もら》えるようにと、学校側には言ってあったのですが」

「あー……そーなんだ」

「〝そうなんですか〟」

訂正《ていせい》されて、「そうなんですか」と言い直す。

「貴方が困っていることがあれば、助けてあげてくださいと、聡太さんには頼《たの》んであります」

フーン、と誠一は頷く。

正直、余計なことをしてくれた、と思う。

聡太は誠一に対して、敵対心丸出しだ。跡継ぎ候補としてライバルなわけだし、誠一が困っているからといって、聡太が手助けしてくれるとはとても思えない。

「なにか問題があるようなら……」

不穏《ふおん》なものを感じたのか、宮木がそう言いかけるのに、誠一は慌《あわ》てて「なんにもないよ」と言った。そして、さらに焦《あせ》って、

「なにもないです」

と言い直す。

「……誠一さん」

今度はなにかと、誠一はビクリと緊張《きんちょう》した。

「箸の持ち方が、戻《もど》ってしまっています。教えたとおり、きちんと持ってください。……こうです。人差し指と中指、親指を使って――」

この年になって、箸の持ち方を直されるとは思ってもみなかった。誠一の持ち方は、いわゆる〝鉛筆《えんぴつ》持ち〟で、だからといって不自由したことはなかったのだ。小さな豆だって、ちゃんと摘《つま》める。

そう言いわけした誠一に、宮木はひとこと「みっともない」と言い放った。

「箸の持ち方、食事のマナー、一つ一つにその人間の品性が見て取れます。これは、羽鳥家の跡継ぎにかかわらず、基本的な躾《しつけ》の問題です」

暗に、誠一の両親の躾がなってないと言わんばかりの台詞《せりふ》に、誠一は密《ひそ》かに反発する。けれど、実際宮木の食べ方は綺麗《きれい》だ。

食べ方に品性が出る、というのも、彼を見ていると納得《なっとく》できる気がした。

「授業にはついていけそうですか？」

誠一が四苦八苦しながら箸の持ち方を改めたのを確認《かくにん》して、宮木はまた話題を戻す。

行儀《ぎょうぎ》だの、作法だのに拘《こだわ》っているうちに、誠一は食欲が失《う》せてきてしまった。もういいや、と箸を置き、「うーん、まー、微妙《びみょう》」と答える。

ギロリと宮木が睨《にら》んだ。誠一はハッと背筋を伸《の》ばし、言い直した。

「え…っと、前の高校より進みが早いので、ちょっとよくわからないところもある…です」

「あります、でしょう。普通《ふつう》に喋ってください。——では、後ほど予習復習につきあいます。私の手に余るようなら、家庭教師を手配します」

「えっ」

そんな大層な、と誠一は思った。が、宮木にとっては、誠一の教育をするというのは大層なことなのだ。

「貴方には、聡太さんよりも成績もよくなってもらわなければなりません。聡太さんは、常に学年十位内には入っています。今後は、貴方に抜《ぬ》かれまいと、さらに努力されるでしょうから、貴方にはそれ以上の努力が必要です」

「……わかったよ」

「〝わかりました〟」

うるせーよ、と言いたくなるのを誠一は堪《こら》えた。「うるさいです」などと訂正されようものなら、キレて暴れたくなってしまうに違《ちが》いない。

宮木が教えてくれるのは、箸の持ち方や言葉遣《ことばづか》い、学校の勉強だけではない。和食、洋食のテーブルマナー、茶道《さどう》や華道《かどう》の作法、英会話、そして羽鳥の家についての説明など多岐《たき》にわたる。

「三か月で詰《つ》め込めるところまで、とにかく詰め込みます」

「奥さんに会う前に、俺、パンクするんじゃねーの？」

思わずぼやいた誠一を、宮木がギロリと睨んだ。慌てて、誠一は言葉遣いを改める。

「……できるだけ、努力します」

よろしい、と言って、宮木は苦笑《くしょう》する。

「それから、〝奥さん〟という呼び方はよくありません。誠一さんの場合は、聡太さんと違って〝伯母《おば》さま〟と呼ぶのも変ですから、今は〝芙有香さま〟とお呼びください。正式に認められれば〝お母さま〟となりますが。……世が世なら、華族《かぞく》のお姫《ひめ》さまだった方です。気位も高く、礼儀には厳しいです」

「華族のお姫さま──ってことは、俺の父親とは政略結婚《けっこん》とか？」

「そんな時代錯誤《さくご》なことはありませんよ」

宮木は一笑に付した。

「普通にお見合いして、ご結婚されました」

「……母さんと会ったのは、そのあとってことか」

「ご結婚されて四年目だったと聞いています。芙有香さまのご実家は没落《ぼつらく》されていて、戻るに戻れなかったそうですから…」

宮木の口調には、いかにも芙有香を気遣うニュアンスが見え隠《かく》れしていた。

それは、本妻側の事情というか、言い分だろう。だが、愛人の側にだって、それなりの事情はあったはずだ。

「それ、戻る家があったら、離婚《りこん》してたかもってこと？　そしたら、母さんと再婚してた？」

「それは無理ですね」

間髪《かんはつ》を入れず、宮木はさらりと否定する。

「本家の嫁《よめ》ともなれば、お家柄《いえがら》など、いろいろと条件が厳しいものですから」

「……充分《じゅうぶん》、時代錯誤じゃないか」

ケッと、誠一は吐《は》き捨てた。

雪菜では、羽鳥本家の嫁として相応《ふさわ》しくなかったということなのか。——なんて失礼なことを、堂々と言って退《の》けるのだろう。

華族のお姫さまだかなんだか知らないが、そんな家柄などで、人間の価値を計れるものではないはずだ。

「結局、母さんは弄《もてあそ》ばれて捨てられたんだろ。…ってゆーかさ、いくら家柄の立派な女性でも、それに満足できずに浮気《うわき》したんじゃねーの？」

「そういう考えは、捨ててください」

ぴしりと頭ごなしに告げられる。

確かに、この先戸籍《こせき》上とはいえ母親になるかもしれない人だ。こんな気持ちを持っていたのでは、お互《たが》いに相容《あいい》れないだろう。それくらい誠一だってわかっている。

「……なんだよ。あんたが、母さんのことをバカにしたからだろう。羽鳥家に相応しくないとか、家柄が悪いとか！」

黙《だま》っていられなくて、誠一は文句を言った。するとあっさり、宮木は「申しわけありません」と頭を下げる。

あまりに呆気《あっけ》なく謝られてしまい、誠一は面食《めんく》らった。怒《いか》りの矛先《ほこさき》を失って、なんだかバツが悪い。

「雪菜さんを悪く言うつもりはありません。ですが、この先いくらでもこの程度のこと——いえ、もっと酷《ひど》い辛辣《しんらつ》な嫌味《いやみ》を言う人間が貴方の前に現れるでしょう。その時、すぐに挑発《ちょうはつ》に乗って、感情的に立ち向かっていったのでは、相手の思うツボです。さらりと受け流すことも、時には必要です」

――なんだよ、これもレッスンの一つなのか？

拍子抜《ひょうしぬ》けした思いで、誠一は宮木を見た。

彼が、自分のためにあれこれと手を尽《つ》くして、教えてくれているのはよくわかる。そして、今言われたことも。

誠一は、浮気の果てにできた子供で――血を残すために渋々《しぶしぶ》引き取られることになったものの、この家にとって歓迎《かんげい》される存在ではないのだ。周囲は敵だらけだ。その中で、宮木だけが味方をしてくれている。戦う術《すべ》を教えてくれている。

認められるためには、聡太よりも優秀《ゆうしゅう》であると周囲に知らしめること――それしかない。そのために、宮木はこれほど一生懸命《けんめい》になってくれているのだ。誠一のために。

その期待に応《こた》えなければ、誠一の価値はない。

三か月だ。

三か月間、死に物狂《ぐる》いで努力してみよう、と誠一はようやくそう考え始めていた。

今までは、流されるまま、どちらかといえば消極的にここまでやってきたのだ。沢村の家にはいたくないから、いられないから――どちらを選んでも地獄《じごく》なら、顔も見たことのない父親が生まれ育った家というものを見てみたかったから、などと、当主になることや跡継《あとつ》ぎとして認められることは、半分どうでもよかった。だが、今は、頑張《がんば》ってみようかという気になっている。

宮木は、誠一が解いた数学の問題の答えを合わせ、満足そうに頷《うなず》いた。

「よくできています。このあたりは、もう充分理解されたようだ。もともと誠一さんは、よくできる方だったので、飲み込みも早くて助かります。中学時代のままずっと真面目《まじめ》に勉強していれば、こんな苦労はなかったのに」

「グレていたもので、すみませんね」

褒《ほ》められているのかけなされているのか微妙《びみょう》だと、不貞腐《ふてくさ》れて答えた誠一に、宮木はふっと噴《ふ》き出した。

「確かに。そういえば、運動神経は抜群《ばつぐん》だそうですね。聡太さんが、悔《くや》しそうにおっしゃってましたよ。体育の授業で、活躍《かつやく》されたとか」

今度は手放しに褒められて、誠一は気恥《きは》ずかしいようなくすぐったいような気持ちになった。

宮木は、飴《あめ》と鞭《むち》の使い分けが上手い。

厳しく突《つ》き放したかと思えば、こんなふうに突然《とつぜん》褒めてくれたりもする。それが誠一にとっては、微妙に心地《ここち》好《よ》いのだ。

沢村の家にいた時は、いい成績を取ろうが、体育祭で活躍しようが、皆無関心だった。章悟はともかく、遥子が褒めてくれたことなどない。べつに褒められたいから勉強するわけではなく、自分のためだと思いながらも、次第《しだい》にやる気が失《う》せていったのも事実だった。

「明日は、百貨店の外商の者が来ます。入り用の物があれば遠慮《えんりょ》なく、好みの物を申しつけてください」

「……べつに、必要な物は…」

ない、と誠一は首を横に振《ふ》った。

あてがわれた部屋には、なんでも揃《そろ》っている。

のんびり見ている暇《ひま》はなかったが大型のテレビもあるし、DVDレコーダーやCDコンポもあれば、パソコンもある。着きれないほどの量の衣類がクローゼットに収まっているし、書庫に行けば大量の書籍《しょせき》があり、それ以外に読みたい本があれば、頼《たの》めばすぐに届けてもらえる。至《いた》れり尽くせりだった。

「べつに贅沢《ぜいたく》をさせようというのではありません。外商部には、一流の品物を持ってくるようにと言ってあります。それらをご覧になるのも、勉強の一つだと思ってください」

「一流品を見るのが勉強？」

「本物を見極《みきわ》める目を養うことも必要です。常に本物に接していれば、自然に偽物《にせもの》に気づくようになります。普段《ふだん》が大切というのは、なにも言葉遣《ことばづか》いだけではないんです。折を見て、この家の中の骨董《こっとう》品などの説明もいたしましょう」

――つまり、宮木はそれらの説明がすべて頭の中に入っているのだ。誠一に与《あた》える知識は、全部宮木の持っているものだ。

すごいな、と素直《すなお》に思えた。

人として、男として、尊敬できる相手だと、誠一は思った。そして、そんな彼に認められたいと。

■□■

「……ちょっとは見られるようになってきたじゃないか」

朝の食堂で顔をあわせた誠一に、聡太はあからさまな嫌味《いやみ》をぶつけてきた。

毎朝同じ部屋で食事を摂《と》り、同じ車で学校に行くのだが、最初のころはずっと無視を決め込んでいた聡太は、最近なにかと誠一に絡《から》んでくるようになっていた。

最初は取るに足らない相手と侮《あなど》っていたのが、段々と誠一が頭角を示し始めたのでイラついている感じだ。

「まあ、一臣さんが手取り足取り教えてるんだから、よっぽどのバカじゃない限り、成長してあたりまえだけどね」

こういう場合はさらりと聞き流すんだったよな、と誠一はぐっと堪《こら》える。

「……お前の教育係、西島徹さんだっけ？　あの人も、一臣さんみたいに優秀なのか？」

「お前だって？　失礼だな、君は」

聡太はムッとしたように、顔を顰《しか》めた。

「あ、ごめん。じゃあ、聡太さん」

同い年の男にサンづけというのもしっくりこない、と思いながら誠一は改める。

「一臣さんは、特別だよ。本家勤めにはなかなかなれないくらいの分家の出だけれど、伯母《おば》さまが特別に気に入って引っ張ったんだ。分家の中でも、突出《とっしゅつ》して優秀《ゆうしゅう》な人なんだ」

頰《ほお》を紅潮させて語る聡太の表情に、誠一は「あれ？」と目を瞠《みは》る。

はからずもライバルの教育係となってしまった宮木に、聡太もまた憧《あこが》れめいた想《おも》いを抱《いだ》いているらしい。そして今の言葉はそのまま、西島が宮木ほどには優秀ではないという意味を含《ふく》んでいた。

そのことに聡太自身も気づいたようで、ハッとして一瞬《いっしゅん》言葉を止める。

「……と、とにかく、僕にはもともと教育係なんて必要ないんだ。便宜上《べんぎじょう》、徹さんが身の回りの世話をしてくれているだけだ。僕は生まれた時から、必要な教育をちゃんと受けている。僕の十六年間で身につけたものに、たった三か月の俄《にわ》か仕込みの君が勝てるはずがない。もし負けるようなことがあったら、僕は…」

そこで彼は唇《くちびる》を嚙《か》み、喋《しゃべ》りすぎた、というような顔をした。

「急いでくれ。君が遅《おそ》くなったら、僕まで遅刻《ちこく》だ」

高飛車に言い、先に食堂を出ていく。

もし誠一が聡太に勝って跡継《あとつ》ぎと認められた場合、聡太はどうなるのか。今の今まで、誠一は考えたこともなかった。

その時聡太は、それこそ本家勤めとなって、誠一の下《もと》で働くのだろうか。それはある意味、屈辱的《くつじょくてき》なことなのかもしれないな、と思う。

「……ヤベッ」

食堂に置かれた大きな振り子時計を見て、誠一も慌《あわ》てて腰《こし》を上げた。外では、送り迎《むか》えの運転手がきっとイライラしながら、誠一と聡太を待っていることだろう。

学校では、先達《せんだつ》て行われた実力テストの結果が貼《は》り出されていた。

宮木がこのところつきっきりで家庭教師をしてくれていたのと、誠一自身が努力したこともあり、結果は学年で十五位だった。

転校前の高校でも、縁《えん》のなかった順位だ。正直、「やった！」と小躍《こおど》りしたいほどだったが、よく見れば聡太は八位だった。これでは、素直《すなお》に喜べない。

周囲の目も気になった。

宮木が言ったように、この学校には分家の子弟《してい》が多く通っている。彼らは一様に、静観の構えだ。誠一か聡太か、どちらが本家当主として相応《ふさわ》しいか——ハッキリと勝敗が見えた時に、自分たちの立ち位置を確保しようと動くのだろう。

とりあえず、今回のテストでは聡太の勝利だ。

誠一は、八位に記された聡太の名前をじっと見つめた。十五位と八位の差が、今の自分と聡太の差なのだと、頭に刻み込むように。芙有香に会うまでに、この間の六人を抜《ぬ》いて、さらに聡太自身も抜かなければならないのだ。

そんな決意を胸に帰宅すると、それから三十分も経《た》たないうちに宮木がやってくる。

「実力テストでは、聡太さんに惜敗《せきはい》だったようですね」

開口一番にそう告げられ、もう知っているのかと、誠一は驚《おどろ》いた。

「惜敗って……十五位と八位だよ。全然惜《お》しくなんか…」

「優徳から連絡《れんらく》があったんですよ。実のところ、誠一さんの前の高校の成績では、優徳への転校は認められないレベルでした」

え、そうなの？　と誠一はさらに驚く。

そんなこと、今まで宮木は言わなかったし、もちろん学校側の誰《だれ》も口にはしなかった。言われてみれば編入試験もなく、すんなりと手続きが済んでいたのは、羽鳥家が財力に物を言わせたのかもしれない。そのことに今まで気づかずにいた自分を、誠一は思う。

「それがやる気を出した途端《とたん》に、こういう結果を残されたのですから、ボンクラだと優徳側も喜んでいましたよ。私も嬉《うれ》しいです。安心せずに、このまま頑張《がんば》ってください。今回のことで、聡太さんもますます必死になるでしょうから」

宮木の言葉に頷《うなず》きながら、誠一は今朝感じた疑問を口にしていた。

「……あのさ、もし俺が聡太に勝って跡継ぎになったら、聡太はどうなるんだ？」

おずおずと聞いた誠一に、宮木は形のよい眉《まゆ》をピクリと動かす。

「そんな心配は、勝ってからにしてください。聡太さんは、そう簡単に勝たせてはくれませんよ。それに、徹さんだって、これからは手段を選ばないでしょうから」

ピシリと言われて誠一は、確かにそんな余計なことを考えている時ではないのだ、と考える。

「徹さんって、どういう人？　やっぱり、一臣さんとはライバル関係なわけ？」

聡太は西島を軽《かろ》んじているようなようすだったし、誠一自身、ほとんど顔をあわさないものの、西島にはあまりいい印象がない。宮木はなんと言うのか、興味があった。

「徹さんは、私より一つ年上です。分家の中にも力関係があって、本家勤めとならない者の中には、分家の中で強い立場の家に仕える者もあるのです」

「それが、聡太の家ってことか。聡太んちが強くて、徹さんちはそれより下の立場なわけね」

「そのとおりですが、そういうことはあまり大きな声でおっしゃいませんように」

へーへー、と返事をした誠一に、宮木は眉を顰《ひそ》めた。

「返事は〝はい〟か〝いいえ〟で、と申し上げたはずです。それに、もっと綺麗《きれい》な言葉で話してください」

「……はい」

渋々《しぶしぶ》誠一は頷く。宮木といると、つい気を許して素に戻《もど》ってしまうのだ。

「あと、聡太さんのことも呼び捨てにはなさいませんように」

「……はーい」

「返事は短く」

「――そういえば、聡太さんが一臣さんのことを尊敬してるってさ、じゃない、尊敬していらっしゃる……おられる？　どっちだ？」

宮木は困ったようにため息をついた。

「尊敬しているそうです、でいいです。聡太さんが、そんなことを？」

「うん、…っと、はい。今朝、ちょっと話して――一臣さんは、分家の中でも突出して優秀だって。だから、芙有香さまが本家勤めに引っ張ったって…」

「私の家は、西島よりもずっと下ですから」

つまり普通《ふつう》ならば、本家にこうして出入りすることは叶《かな》わない、という意味らしかった。

「西島の家はずっと山中家に仕えていますが、当然羽鳥本家に出入りすることを望んでいます。聡太さんが養子となり、当主となれば、その望みは叶うわけです。西島家にとってそれは念願ですから、どんな手を使っても聡太さんを養子にしたいと思っているでしょう。貴方《あなた》さえ排除《はいじょ》できれば、問題はないわけですから」

だからくれぐれも身辺に注意してください、と言われ、誠一はキョトンとする。

「……なんか、お家騒動《いえそうどう》みたいじゃん」

「みたい、ではなく、そのものですよ」

宮木はさらりと言って退《の》け、「では、今日の復習を」とテキストを取り出した。誠一も慌《あわ》てノートを開いたものの、内心ちょっと動揺《どうよう》していた。

気づかなかったけれど、これはお家騒動なのだ。

誠一が現れなければ、聡太は順調に養子と認められて跡継ぎとなり、西島は本家付きになった。誠一が邪魔《じゃま》をしたのだ。

――これって、ヤバくね？

まさか命を狙《ねら》われることはないだろうが――いや、あるのか？　思っていたよりも事態は大ごとなのだと、誠一は改めて考え、ゾッとしたのだった。

――などという会話を交《か》わして間もなく、偶然《ぐうぜん》西島と邸内《ていない》でハチあわせ、誠一は思わず背筋を伸《の》ばした。

「おや、坊《ぼっ》ちゃん」

どこか小バカにしたような口調に、ムッとしちゃ駄目《だめ》だ、と自分に言い聞かせる。

彼にとって誠一は邪魔者なのだから、うかうかしていたらどんな口実を与《あた》えるかわからない。どんな時にも平常心、そして嫌味《いやみ》や挑発《ちょうはつ》をさらりと聞き流すだけの度量も必要——そんな宮木の教えを胸の内で唱える。

「試験の結果がよかったそうじゃないですか。……一臣はいい家庭教師のようですね」

その言葉に、誠一は引きつりそうな顔の筋肉を総動員して、ニコリと笑顔《えがお》を作った。

「はい。一臣さんには、いろいろと教えて頂いていますので」

西島が僅《わず》かに目を瞠《みは》る。

「……そのようですね。彼は、分家とはいっても一族の血はほとんど残ってないような家の出でね。本来、本家の跡継ぎ候補である坊ちゃんのお世話をできるような立場じゃない。いったい、どうやって取り入ったんだか…」

ちょっとカチンときた。誠一は、言い返したくなるのを必死で堪《こら》える。

「まあ、彼がついているんだから、坊ちゃんにも芙有香さまへの取り入り方を、手取り足取り教えてくれるんじゃないですか」

これは宮木に対する侮辱《ぶじょく》だと、誠一は思った。とても黙《だま》ってはいられない。

「一臣さんは、とても優秀な方です。分家の中でも突出されていると聞きました。俺…、僕もそう思います」

なんとか、言葉遣《ことばづか》いを崩《くず》さずに言うことができた。そして誠一の言葉に、今度は西島がムッとしたようだ。

「……突出して優秀ね、頭だけじゃなく、身体《からだ》もいいんじゃないですかね。芙有香さまは、まだ四十五歳でお美しい。一臣も、私と違《ちが》って女性に好まれる容貌《ようぼう》だ」

「確かにな」

ここで口調を荒《あら》らげたのでは、思うツボだ。だが、平常心を保っていられるほど、誠一はまだまだ人間ができていない。上品さを取り繕《つくろ》ってみても、しょせん今は付け焼き刃《ば》に過ぎないのだ。

「あんたは、逆立ちしたって、芙有香さまには気に入られない見てくれだもんな」

「……なんだと」

「見た目をなんとかすりゃ気に入られるとでも思ってんのかよ。中身だって、一臣さんはあんたより何倍も上だ」

フン、と西島は鼻先でせせら笑った。

「あっというまに化けの皮が剝《は》がれたな。野卑《やひ》な子供だ。貴様のようなくだらん子供に、本家の血が半分でも流れているのかと思うとゾッとする。一臣にお似合いだ」

「……うるせェよ！　てめェなんかに…っ」

「なにを騒《さわ》いでいるんですか？」

誠一の背後で、宮木の声がした。途端《とたん》に、頭から冷水をかけられたように気を殺《そ》がれ、誠一は肩《かた》を落とす。

「……失礼。誠一さんが、なにか…」

「まったく、躾《しつけ》が行き届いているようで頼《たの》もしいよ。一臣も大変だな、こんな山猿《やまざる》にまず人間の言葉から教えなければならないとは」

宮木は、ちらりと誠一を見た。

「ちげーよ。こいつが、あんたのことを…」

「わかりました。……徹さん、大変失礼を致《いた》しました。申しわけありません」

誠一の言葉を遮《さえぎ》って、彼は深々と西島に向かって頭を下げる。

「ちょっと成績が上がって、いい気になっているんじゃないか。お勉強ができても、人間ができてないようじゃ、種だけ置いて出ていくしかなさそうだなあ」

宮木が頭を下げただけでは収まらないのか、西島はそんな捨て台詞を残して去っていった。

悔《くや》しさを抑《おさ》えきれないのは誠一も同じで、思わず追いかけようとするのを、宮木が止める。

「離《はな》せよ、あの野郎《やろう》…」

「落ち着きなさい」

誠一の腕《うで》を摑《つか》んで、宮木は部屋へと連れ戻《もど》そうとした。抗《あらが》ったものの、とうに西島の姿はなく、仕方なく誠一は宮木に従う。

「——なにを言われたのか知らないけれど、簡単に挑発に乗るなと言ったはずです。毎日の努力を、一瞬《いっしゅん》でふいにしたいんですか？」

部屋のドアを閉めるなり宮木に叱《しか》られ、誠一はカッとする。

「俺だって、わかってるよ！　けど、あいつは……一臣さんのことを侮辱したんだ。俺のことはいいよ。なんて言われたって、気にならない。でも…」

「私のことだって、どう言われても気にしなければいいでしょう」

そんなわけにはいかなかったのだと、誠一は訴《うった》えた。

「どうせ、名ばかりの分家だとか、見てくれで芙有香さまに取り入ったとか、そんな取るに足らない中傷でしょう？」

言葉どおり、どうでもいいような口調で宮木は言った。誠一は返す言葉を失って、その場に立ち尽《つ》くす。

「そんなことは、子供のころから言われ慣れてます。分家内での力関係は、子供の時にはとくに顕著《けんちょ》です。イジメとまではいかなくても、上下はハッキリ決まっているから、下の者は顎《あご》で使われます。それが嫌なら、自分に力をつけるしかない」

きっと宮木は、幼いころからそんな上下関係の悔しさを噛《か》み締《し》めてきたに違いなかった。生まれた家がたまたま、分家の中でも力がなかっただけ——それだけで、どれだけ虐《しいた》げられ、バカにされてきたのだろうか。

「芙有香さまは、見た目で人を選ぶような方じゃないし、身持ちの堅《かた》い立派な女性だ。そんなことは誰《だれ》でも知っている。私とて、見た目だけではないと思いますが?」

「それは…もちろんそうだけど…」

「ならば、なにを憤《いきどお》るのですか。言いたい人間には言わせておけばいい。くだらない中傷にかまけている間に、貴方《あなた》にはやらなければならないことがあるはずだ」

なにからなにまで、宮木の言うとおりだった。誠一はもう反論する気すら起こらない。それでも——自分を怒《いか》りに突《つ》き動かしたものは、自身のためではなかったとわかってしまった。

「……一臣さんは、強いね」

ぽつりと呟《つぶや》いた誠一に、宮木はふっと柔《やわ》らかな笑みを浮《う》かべた。

「誠一さんを守らなければなりませんから」

彼の言葉は、甘い蜜《みつ》のように誠一の胸に染《し》み込んできた。

年端《としは》もいかない子供ではないし、か弱い女性でもない自分を、宮木は守ってくれようとしている。いや、守っているのだ。

おそらく、誠一の知らないところで、いろいろな軋轢《あつれき》や苦悩《くのう》もあるだろう。西島が口走ったような中傷では済まないことも、もっとあるのかもしれない。その中で、宮木はしゃんと背筋を伸《の》ばし、誠一を庇《かば》って立ち向かっているのだ。

「ごめん、俺…——軽率《けいそつ》だった」

項垂《うなだ》れた誠一の肩に、宮木はそっと手を置いた。

「いいえ。貴方が私のために怒ってくださった気持ちは、嬉《うれ》しかったです。ですが、それは胸の中に秘《ひ》めておいてください」

肩に置かれた手から、じんわりと温《ぬく》もりが伝わってくる。それはさっき染み込んできた甘さを伴《ともな》って、なぜか誠一の胸の奥で小さな痛みに変わった。

その甘い痛みがなんなのか——誠一はあえて考えないようにと、そっと蓋《ふた》をしたのだった。

「では、左足を前に……ワン、ツー、スリー、ワン、ツー、スリー……はい、いいですよ。背筋、もう少し伸ばして…」

ダンス講師の声が響《ひび》く。

誠一はギクシャクとステップを踏《ふ》んだ。一応、講師に言われたとおりにしているつもりなのだが、頭で考えるように足が動かない。

「痛っ」

ダンスの相手をしてくれている少女が、足を踏まれて声を上げた。

「ご、ごめんっ、ごめんなさい」

誠一は慌《あわ》てて謝った。さっきから、足を踏むのはこれで三度目だ。最初は「慣れないうちはみんなそうですよ〜、大丈夫《だいじょうぶ》です〜」と言ってくれていたダンス経験者の少女も、さすがにちょっと頬《ほお》が引きつっている。

無理もない、社交ダンスなんて、誠一にとっては初めての経験なのだ。

一応、嗜《たしな》みの一つとして、ワルツのステップくらいは覚えておいたほうがいいと言われ、講師が相手役の少女を伴ってやって来た。

立ち姿やホールドの仕方など、まず基本的なことから教えられたものの、どこに力を入れればいいのかわからず、女の子とぴったりくっつくのも恥《は》ずかしい。自分の動きは、まるでロボットみたいなんじゃないかと誠一は思う。運動神経は悪くないのに、やはりやる気の問題だろうか。実際、ワルツのステップを覚えたって、役に立つ日がくるんだろうかとちょっと疑問なのだ。

「焦《あせ》らなくても、何度もくりかえすうちに自然に身体《からだ》が覚えてくれますよ。ワルツは一人で踊《おど》るのではなく、パートナーと二人で楽しむものなんです。基本的なステップを覚えていれば充《じゅう》分《ぶん》です」

講師が言った。

「先生、今日はその辺で…」

広間の隅《すみ》に立って見学していた宮木が、さりげなく告げにくる。講師と少女は「それでは」と頭を下げて退室していった。

「ダンスは嫌《きら》いですか?」

宮木が聞いた。

「……嫌いとか好きとか以前だよ。全然足が動かない」

「べつに選手権に出るわけではありませんから、もっと気を楽にして。先ほど先生がおっしゃったように、基本を押さえていれば、なんとかなります」

簡単に言ってくれるよな、と誠一はため息を落とした。

「ダンスすることなんかあるわけ？」

「ありますよ。パーティーの時に、誠一さん一人だけ隅で突っ立っているわけにはいかないでしょう」

「パーティー？」

思わず聞き返すと、宮木はなんでもないような顔をして頷《うなず》いた。

「じゃあ、聡太さんもダンスができるんだ？」

「もちろんです」

「一臣さんも踊れる？」

当然のように、宮木は「はい」と答える。

そうなのか、ここでは常識なのか、と誠一はちょっと項垂れる。そんな誠一を気遣《きづか》うように、宮木が姿勢を正して口を開いた。

「ダンスは男性側から申し込みます。――こんなふうに」

お願いします、と彼は誠一に向かって会釈《えしやく》する。手を差し出され、戸惑《とまど》いながら誠一はその手に摑《つか》まった。

「先ほども言いましたが、選手権ではないのですから、フロアではたくさんの方たちがダンスを楽しんでおられます。自分勝手に踊ったのでは、ぶつかってしまいますから…」

言いながら、宮木は誠一をエスコートしてくれる。

さっきは全然足が動かなかったのに、宮木がリードしてくれると不思議とすんなりステップが踏めた。

「私の足をよく見ていてください。今は誠一さんが女性役ですが、実際の時には私の側になって女性をリードしなければなりません」

ワン、ツー、スリー…と、講師のようにリズムを取りながら、宮木はステップを踏んだ。わからないままに、誠一もそれについていく。

背中を支える宮木の腕《うで》と、握《にぎ》られる手の温もり——ふと意識した途端《とたん》、誠一の鼓動《こどう》は乱れた。

これはただのダンスのレッスンで、それ以上の意味などなにもない。わかっているのに、なぜ意識してしまうのか。


——誠一さんを守らなければなりませんから。


あの日の言葉が、ふと頭を過《よ》ぎる。

誰《だれ》かが守ってくれる、誰かに守られている——誠一にはあまり経験のないことで、だからこんなにも混乱してしまうのか。ホールドしてくれる宮木の腕を、必要以上に頼《たの》もしく感じるのはどうしてなのか。

この前感じた、甘い痛みが再び胸の奥で疼《うず》き出す。

「いいですか？　では、パートをチェンジします。誠一さんが私をリードしてください」

「え、えっ？」

言われた途端、狼狽《うろた》える。余計なことに気を取られていたせいで、彼の足下《あしもと》をよく見ていなかったのだ。

「もっとリラックスして、腕を広げて…」

宮木のアドバイスに、ぎこちなく身体を動かす。

さっき少女を相手にしていた時と違《ちが》い、自分よりも背も高く体格もいい宮木を相手にすると、どこか勝手が違う。さらに、なぜか胸が騒《さわ》いでどうしようもないのだ。

身体を近づけると、胸の高鳴りが伝わってしまうのではないかと、誠一はヒヤヒヤした。

「では、いいですか？……ワン、ツー、スリー…少し左に回って……左足を右足に揃《そろ》えて、そうです。右足を後ろ、上体を左に…」

言われたとおりに動いていたつもりだが、誠一はやはり宮木の足を踏《ふ》んでしまった。

「ごめんっ――……すみません…」

「いいですよ。女性の足よりは頑丈《がんじょう》にできています。ステップに慣れるまで、私を相手にレッスンしたほうがいいかもしれないですね」

冗談《じょうだん》めかして宮木は言い、恥ずかしさと情けなさで誠一は目を伏《ふ》せた。

「では、もう一度。——ワン、ツー、スリー、ワン、ツー、スリー……右足を前へ、上体は右に……そうです、左足を横へ…」

左足を出したつもりが、右足が出ていた。思っていたのと違う方向に身体が傾《かし》いで、誠一はよろりと足をよろけさせる。

「危ない…！」

宮木が慌《あわ》てて支えてくれた。

「……あ…」

ふわりと、甘い匂《にお》いがした。

誠一はしっかりと、彼の胸の中に抱《かか》えられていたのだ。一瞬《いっしゅん》頭の中が真っ白になり、誠一は声もない。

誠一だけでなく、なぜか宮木も硬直《こうちょく》したように動かない。長い沈黙《ちんもく》——いや、長いと感じたのは誠一だけで、実際にはほんの数秒だったのかもしれないが——を破って、宮木が慌てて誠一から身体を引き離《はな》した。

「き、今日は、これで終わりにしましょう。シャワーでも浴びて、汗《あせ》を流してください。夕食後に、勉強の予習と復習を」

らしくなく早口で捲《まく》し立て、宮木は素早《すばや》く踵《きびす》を返す。

そのまま誠一の顔も見ずに広間から出ていく、彼の耳たぶがうっすらと染まっていた。それをぼんやり見送ってから、誠一はその場にしゃがみ込んだ。

「……びっくりした」

思わず呟《つぶや》く。

きっと自分の顔は真っ赤だろう、と思った。心臓はさっきよりもさらに騒いで、口から飛び出してしまいそうだ。

自分をホールドしていた宮木の腕の力や、ふわりと包み込んだ甘い匂いは、まるで夢のようだった。

どうしてこんなに意識してしまうのだろう。

両手で顔を覆《おお》った、その時。

「おや、これはこれは」

ドアが開いて、西島の声がした。誠一はハッと顔を上げる。

「ダンスのレッスンは終わったんですかね？　先生方はとっくに帰られたようだが、一臣と踊《おど》ってたんですか？」

ニヤニヤと嫌《いや》な笑みを浮《う》かべながら、西島が言った。

誠一は慌てて立ち上がり、不本意ながら一応彼にペコリと会釈《えしゃく》して、広間を飛び出した。

せっかくの甘い夢のような時間に、一滴《ひとしずく》の墨汁《ぼくじゅう》を垂らされたみたいだった。

理由のない胸騒《むなさわ》ぎを感じながら、誠一は廊下《ろうか》を急ぐ。平らな廊下なのに、まるで坂道を下っているようで、ふわふわと足下が頼《たよ》りなかった。

■□■

――宮木のことが、気になる。

ここ数日、誠一の眠《ねむ》りは浅い。

考えないようにしても、なぜか宮木の姿を探してしまう。そばにいればホッとするのだが、同時に落ち着かない気分になる。

意識し始めてからというもの、彼の声や言葉、仕種《しぐさ》の一つ一つが妙《みょう》に気になってどうしようもないのだ。

自分はなぜここにいるんだろうと、誠一はぼんやりと考えた。

聡太に勝って、羽鳥本家の跡継《あとつ》ぎとなるため――それ以外に目的があるはずもないのだが、これほど必死になってまで跡継ぎになりたいかと問われれば、べつにならなくてもいいような気がする。聡太に負けたくないのかといえば――まあ、負けるよりは勝ちたいと思わなくもないけれど、それはそんなに重要なことではない気もするのだ。

ならば、なぜ？

もともとやる気を出したのも、宮木が一生懸命《けんめい》だからだ。

誰《だれ》に認められるよりも、宮木に認められたいと思う。褒《ほ》められたら嬉《うれ》しいし、成績が上がるのも、行儀作法《ぎょうぎ》を身につけるのも、苦手なダンスのステップも、うまくできると宮木が喜んでくれる。だから、頑張《がんば》れる。

「……俺って、ちょっと危ないかも……」

誠一はぽつりと独り言《ご》ちる。

なぜ自分がこれほどまでに、宮木を意識してしまうのかわけがわからない。宮木は確かに尊敬できる人物だし、今では憎《にく》からず思っているけれど——……いや、憎からずどころか、好意を持っている。聡太のように、憧《あこが》れにも似た気持ちを抱《いだ》いていると言ってもいい。

だからどうしたいというのではない。彼の期待に応《こた》えたいだけだ。

そんな思いに後押しされて、誠一の努力は着実に実を結びつつあった。結果が出れば、宮木に褒められる。褒められれば、また頑張ろうと意欲が湧《わ》く。

それを苦々しく思っている人間がいると、漠然《ばくぜん》とわかってはいても、まだ誠一は具体的な危機感は持っていなかった。

一日の授業が終わると、校内の駐車場《ちゅうしゃじょう》で待っていてくれる本家の車に乗って、誠一は聡太と一緒《いっしょ》に帰宅する。

その日誠一が駐車場に到着《とうちゃく》すると、車の前にいたのは、見慣れない顔の運転手だった。

「おかえりなさいませ」

慇懃《いんぎん》なようすで頭を下げられ、「ただいま」と応えながら車の中を覗《のぞ》く。聡太の姿はない。

「……聡太さんは、まだ？」

「聡太さまは、先にお帰りになりました。一臣さんから、お見せしたいものがあるので誠一さまをお連れするようにと」

「一臣さんが？」

どこに？　と聞きながら、誠一は車に乗り込んだ。

「画廊《がろう》でございます。お見せしたい絵がございますそうで」

運転手は、後部座席のドアを閉める。

「一臣さんも、そこに？」

運転席に座った運転手に、話しかける。「さようでございます」と彼は丁寧《ていねい》な口調で答えた。

いつもの運転手は榊《さかき》という五十代の男性なのだが、彼はまだ若そうだ。四十歳くらいにはなっているのかな、と誠一は考える。

「えっと、貴方《あなた》は——」

「西島でございます」

名前を聞くと、彼はそう答えた。

「西島っていうと、聡太さんの教育係の徹さんと……？」

「はい。縁続《えんつづ》きではございませんが……」

それほど親しくはないような口振《くちぶ》りだった。

とりあえず、学校帰りにこんなふうに連れ出されるのは初めてだ。宮木はどんな絵を見せてくれるつもりなのだろうかと、誠一はちょっとわくわくしてしまう。

車は海岸沿いの道を走り、建ち並ぶビルの間で停《と》まった。

「こちらでございます」

案内されたのは小さな貸しビルのような建物で、一階に画廊らしき店舗《てんぽ》が入っている。壁《かべ》には何枚もの抽象画《ちゆうしようが》や人物画、風景画などがかけられているが、人の姿がない。

「私はまた後ほどお迎《むか》えに参りますので、しばらくこちらでお待ちください。間もなく、一臣さんも到着されるはずです」

運転手の西島の言葉に頷《うなず》き、誠一は画廊に入った。

「……失礼します」

本当に誰もいないようで、返事はない。人の気配もない。

今日は休みなのだろうか。それでわざわざ宮木の依頼《いらい》で、鍵《かぎ》を開けてくれていたのか？

変だな、と思いはしたが、とくに疑う気持ちもなく、誠一は壁にかかった絵を眺《なが》めつつ奥に歩く。

奥には、円形のソファが置かれていた。

間接照明の室内は薄暗《うすぐら》く、どことなく陰気《いんき》な雰囲気《ふんいき》だ。

宮木はまだだろうかと思いながらソファに腰《こし》を下ろし、目の前の抽象画をぼうっと眺めた。

この中のどれを、宮木は誠一に見せたいと思ったのか。それとも、展示していない絵なのか。

「……遅《おそ》いな」

もう十分は待ってる、と腕《うで》時計を覗き込みながら呟《つぶや》く。と、その時、ドアの開く音がした。

誠一は立ち上がり、入ってくる人影《ひとかげ》に呼びかける。

「一臣さん？」

返事はなく、入ってきた男も宮木ではなかった。宮木と同じように長身だが、年はもっと上に見える。

「……誰《だれ》？」

「本家の坊《ぼっ》ちゃんですか？　誠一さま？」

男が言った。誠一は知らないが、彼は誠一を知っているらしい。

「そうですけど……画廊の方ですか？」

誠一は、もう一度問いかけた。

「よくいらっしゃいましたな。学校の帰りに寄られたんですかな」

男は答えずに、近づいてくる。そうして「どうぞ、どうぞ」と誠一にソファに座るようにと勧《すす》め、自らも腰を下ろした。

色の浅黒い、四十代くらいの男だ。肩幅《かたはば》が広く、がっちりとしている。

「あの…」

「どうですか、本家のお屋敷《やしき》での生活は」

「……なんとか慣れました」

勢いに圧《お》されて、誠一は答えた。いったい誰なんだ、という質問をもう一度するのは失礼なんだろうかと、そればかりが気になる。

「そうですか。一臣さんは、よくしてくれますか？」

「あ──それは、もちろん…」

「ずいぶん懐《なつ》かれたようですなあ。一臣さんはイイ男だし、分家の中でも年少の者にとっては憧《あこが》れの的というところですかな。同性に憧れるのは、なに、誠一さんくらいの年ごろじゃあ珍《めずら》しいことではありませんわな」

男の口調には、少し訛《なまり》があった。見た目よりも老《ふ》けた物言いをする男だな、と誠一は思う。

だが、なんだろう──まるで誠一の気持ちを見透《みす》かしたようなことを、わざわざ言うのが気にかかる。

「それとも一過性の憧れなんかじゃなく、それが恋愛《れんあい》感情で、持て余していなさるんなら気の毒だ」

「……さっきからなにを…」

言っている意味がわからない、と撥《は》ねつけてやろうとした時だ。男の手が、誠一の手をいきなり握《にぎ》った。ねちっこく、温かい手だった。その温かさがどうにも気味悪く、誠一は振り払《はら》おうとしたのだが、男はさらに力を入れた。

「……離《はな》してください」

突《つ》き飛ばそうと上げたもう片方の手も、男に握り込まれてしまった。ゾッとして、誠一は身を竦《すく》ませる。

「いろいろとご不自由なんじゃないですか？　学校も男子校だし、屋敷内にはロクな女はいない。……もっとも、あんたが女に興味がないってんなら、話は別だ。もう一臣に可愛《かわい》がられてるんでしょう？　いや、あの男は芙有香さまの忠実な犬だから、あんたに手を出すわけはないか…。なら、余計にご不自由でしょう」

勝手なことを、男はベラベラと誠一の耳元に吹《ふ》き込んでくる。生温《なまぬる》い息がかかって、それも誠一の嫌悪《けんお》感《かん》を煽《あお》った。

「――あんたの言ってることは、全然意味がわからない。どうでもいいけど、離してください。離さないっていうなら…」

「おっと、暴力沙汰《ぼうりょくざた》は困りますよ。誠一さまだって、困るでしょう。跡目争《あとめあらそ》いの真っ最中に暴行事件なんか起こしちゃあ、一臣の顔に泥《どろ》を塗《ぬ》るようなもんだ」

その言葉が、一瞬《いっしゅん》誠一の抵抗《ていこう》を止めた。僅《わず》かな隙《すき》を衝《つ》くように、男がソファに押し倒《たお》し、伸《の》しかかってくる。

「…なに、ちょっ…――」

太腿《ふともも》の辺りに、硬《かた》く張り詰《つ》めたものを擦《こす》りつけられて、ザッと鳥肌《とりはだ》が立った。

「ど、退《ど》けよ！　なにするんだっ」

「いい子にしてたら、気持ちよくしてやろうっていうんだ。あんたにとっても悪い話じゃないさ」

とんでもないことを、男は言った。

冗談《じょうだん》じゃないと、誠一は男を押し退《の》けようと必死になる。だが、この体勢では分が悪い。抵抗するのが遅《おく》れてしまったばっかりに、全身の体重をかけられてしまっているのだ。

「なあ、あんた、男が好きなんだろう？　徹が言ってたぜ。あんたが一臣を見る目は、普通《ふつう》じゃねえってさ」

男は舌で誠一の耳を舐《ねぶ》りながら、そんなことを言った。

あえて見ないふり、気づかないふりをして心の奥底に蓋《ふた》をしていた感情を、力任せに引き摺《ず》り出されてしまったようだった。なぜ、こんなどこの誰とも知らない男に、土足で踏《ふ》み荒《あ》らされなければならないのかと、怒《いか》りが込み上げてくる。

しかも、こんな状態で。

「やめろ！　やめろったらっ」

「目ェ瞑《つぶ》ってろよ。そうすりゃ、一臣にして貰《もら》ってるのと一緒《いっしょ》だぜ」

「違《ちが》うっ！　俺は…」

「一臣が好きなんだろ、え、坊ちゃん。傑作《けっさく》だなあ。一臣もあんたには相当入れ込んでるが、呆気《あっけ》なく俺の慰《なぐさ》み者になっちまってさ。こんな場面見ちまったら、仰天《ぎょうてん》するだろう」

誠一の背を、ひやっとしたものが走り抜《ぬ》けた。

宮木は、ここに来るだろうか。さっきの運転手の言葉が本当なら、彼もここに来るはずだ。それとも、あの運転手もグル？　この男も――。

「離せ、畜生《ちくしょう》！」

「疲《つか》れるだけだから、おとなしくしてろって。喚《わめ》いたって、助けは来ないぜ？　あんたはここで、俺に散々嬲《なぶ》られて放《ほう》り出されるんだ。一臣に惚《ほ》れてるんなら、二度と顔向けできねェだろうしなあ？　どの面《つら》下げて屋敷《やしき》に戻《もど》れるって…」

――喚いたって、助けは来ない。

その台詞《せりふ》は、反対に誠一をホッとさせた。宮木は来ないのだ。ここには誰《だれ》も来ない。見られる心配はない。

まともに抵抗したんじゃ敵《かな》わない、と誠一は悟《さと》る。だとすれば、隙を衝くしかない。力を抜いて、従順なふりをして——相手が油断した時に逃《に》げ出すしかない。

「……痛いよ。もう逃げないから」

じっと男の顔を見上げた。男の下卑《げび》た顔が、キョトンと誠一を見下ろす。

「暴れたって無駄《むだ》なんだろう？　俺も、無駄に抵抗して怪我《けが》させられたくない。おとなしくしてれば、俺を気持ちよくさせてくれるって言ったよな？」

「……あ、ああ、それは……」

ニヤリと男が笑った時だった。荒々《あらあら》しくドアが開く音がして、「誠一さん！」と呼ぶ宮木の声がした。

——来ないって言ったくせに！

男はもちろんだが、誠一もギョッとする。

こんな情けない姿を見せるのは嫌《いや》だったが、しょうがない、予定変更《へんこう》だ、と誠一は声を張り上げた。

「一臣さん！　一臣さん、助けて！」

飛び込んできた宮木が、誠一の上に乗っていた男を引き剝《は》がす。ガッと激しい音がして、男は床《ゆか》の上に弾《はじ》き飛ばされた。

「誠一さん、大丈夫《だいじょうぶ》ですか？　怪我は？」

宮木は誠一の無事を確かめてから、無様に床に転がった男の胸倉《むなぐら》を掴《つか》んで引き起こした。

「お前は誰だ？　誰に頼《たの》まれた？」

「……し、知らねーよ。ドアが開いてたんで入ってきたら、その子供が……さ、誘《さそ》ってきたんだ。イイ気持ちにさせてくれって、甘えて…」

「嘘《うそ》だ！」

思わず、誠一は喚いた。

実際、ちょっと甘えた態度を取ったけれど、それは作戦だったのだ。

「……では、この子が誰なのかも知らないし、誰かに頼まれたわけでもなく、通りすがりに窃《せっ》盗《とう》目的で不法侵入《しんにゅう》し、さらに未成年に淫行《いんこう》しようと…」

「そんなの嘘だよ！　だってこいつ、俺の名前を知ってたし、一臣さんのことだって知ってる！　それにさっき、徹さんのことを…」

誠一の言葉の途中《とちゅう》で、男はうわあっと声を上げ、画廊《がろう》を飛び出していった。

「あっ、逃げた！」

宮木は男を追おうとはせず、誠一の前にやってきて衣服の乱れを直してくれる。

「どこか、痛いところはありますか？　怪我は…」

「ないよ。……平気」

余裕《よゆう》で笑い飛ばすつもりだったのに、今ごろになって指先が震《ふる》えているのに気づく。途中、男の隙《すき》を衝こうと計画できるほど冷静だったはずが、なんで？　と誠一は自分を情けなく思った。

宮木も誠一の震えに気づいたようで、脅《おど》かさないようにそっと肩《かた》に手を置き、なにをされたのか、なにを言われたのかと静かに聞いた。

誠一は、思わず宮木にしがみついた。宮木も、しっかりと誠一を抱《だ》きしめてくれる。優《やさ》しく背中を擦《さす》られて、誠一はそっとため息を落とした。

あの、ダンスのレッスンの時に支えてくれたのと同じ、力強い腕《うで》だ。宮木の腕だ。

――宮木には、言えない。

あの男になにを言われたかなんて。言ったら、軽蔑《けいべつ》されてしまう。自分が宮木を好きだなんて――憧《あこが》れとか、尊敬じゃない。誠一のそれは、恋愛《れんあい》感情なのだ。

そう、誠一は宮木に恋《こい》をしている。

西島にも見抜《みぬ》かれている。考えまいとしても、無理やりに引き摺りだされてしまった。もう目を背《そむ》けることはできない。

もしもこの気持ちを告げたら、宮木はなんて言うだろう。汚《きたな》らしいと眉《まゆ》を顰《ひそ》めるだろうか。関《かか》わりあいになりたくないと、教育係を降りてしまうだろうか。

そんなのは嫌だ、と誠一は思う。

この均衡《きんこう》が崩《くず》れてしまうよりも、黙《だま》ってそばにいるだけでいい。彼のためだと思うから、頑《がん》張《ば》れるのだ。なりたいわけでもない跡継《あとつ》ぎも、それが宮木の期待に応《こた》えることとならなろうと思う。

「……誠一さん、今のことを芙有香さまの耳に入れて、公《おおやけ》にすることもできます」

「え？」

誠一は慌《あわ》てて顔を上げた。

「計画性などまるでない、行き当たりばったりのやり方だ。背後で徹さんが糸を引いているこ

とに、こちらが気づいても平気というか……いや、気づいてくれと言わんばかりだ」

それは、これが警告だからなのだろう、と言われなくても誠一は悟った。

さらに、誠一の宮木に対する気持ちに気づいていることも知らせてきたのだ。そんなことは

許されるわけがないのだから――俺はお前の尻尾《しっぽ》を摑《つか》んでいるぞ、いつでも追い出すことがで

きるんだぞ、と言いたかったのかもしれない。

「……聡太さんも知ってるのかな」

ふと胸を過《よ》ぎった疑問を口にする。

「そうですね。……おそらく、徹さんが勝手にやったことだと思うんですが」

「――そっか。なら、とりあえず今はまだ黙ってて」

そう言った誠一に、理由を聞こうともせず、宮木は「わかりました」と頷《うなず》いた。ありがたい

と思う反面で、誠一の中でふと物足りなさのような失望にも似た思いが顔を覗《のぞ》かせる。

「私のほうからも、一度徹さんと話をしてみます。またこんなことがあるようなら、こちらにも考えがあるとお話しておかなければ」

「や、でも…」

「今日は怪我《けが》もなく、間にあったからよかったようなものの」

宮木の言葉に、誠一はゾッとする。

そうだ。もし間にあわなかったら——自力でちゃんと逃《に》げられただろうか？　さらに、もっとヤバイ状態で宮木が飛び込んできたら、どうすればよかったのか。そんなみっともない、醜《みにく》い姿を彼に見られるようなことになったら——考えただけで怖《こわ》くなる。

「……でも、あらかじめ時間を計って、一臣さんを呼んどいたんじゃないの？」

だから警告だと、誠一は思ったのだ。

だが、どうやらそうではなかったらしい。宮木は怪訝《けげん》な顔をしていたが、誠一の言葉の意味を理解したらしく、説明してくれた。

「誠一さんが、聡太さんと一緒《いっしょ》に帰ってこられなかったので、なにかあったのかとお聞きしたところ、職員室に呼ばれたので先に帰ってほしいと伝言があったとのことでした」

「伝言って、俺から？」

「車に乗って待っていたら、伝言を頼《たの》まれたという生徒が来たようです」

誰《だれ》だろう、と誠一は首を傾《かし》げる。

「ところが、貴方《あなた》は学校内にはいなかった」

「……うん？」

どうしてそれがわかるのか、とさらに誠一は不思議に思う。

「貴方の腕時計と校章に、発信機をつけてあります」

「ええ!?」

初耳だった。

「聡太さんもですが、羽鳥本家の跡継ぎ候補なのですから、いつ身の危険に脅《おびや》かされるかわかりません。もしもの時のためです」

「そ、そうなんだ…」

プライバシーの侵害《しんがい》だと怒《おこ》るところなのかもしれないが、実際そのおかげで助かったのなら、と誠一は返す言葉もない。

「嫌《いや》な予感が致《いた》しましたので、発信機を追って参りました。もっともこれくらいのことは徹さんも知っているはずですから、やはり無計画極《きわ》まりない。なにを考えているのか、一度話す必要がありそうです」

「もし……間にあわなかったら、どうした？」

蒸《む》し返すつもりではなかったのに、ついそんな質問が口を衝《つ》いた。宮木は唇《くちびる》を引き結んで、黙り込む。

「……あ、べ、べつに……いいんだけど。一臣さんは知ってるもんな。俺……初めて会った時、客引いてるみたいに思われたし、一臣さんともホテル行こうとしたしさ。女の子じゃあるまいし、今さら勿体《もったい》ぶるような貴重なものでも…」

変なことを聞いてしまったかもしれないと、誠一は慌てて取り繕《つくろ》おうとしたが、その言葉を遮《さえぎ》るように宮木は口を開いた。

「必ず間にあいますから、大丈夫《だいじょうぶ》です」

以前、「誠一さんを守らなければならない」と彼が言い切ったのを思い出す。同じ力強さを、今の台詞《せりふ》からも感じた。

「それから——」

ふと、宮木は言葉を継《つ》いだ。

「誠一さんのことを、軽々しく思ったりしていません。あの時は、たまたま向こうから声をかけてきただけで、貴方も本気で誘《さそ》いに乗る気はなかったでしょうし、私がホテルを取ったのも、べつに貴方とどうこうするつもりではありませんでした」

なんでもないように、さらりと宮木は言ったが、そのぶん誠一の胸は痛んだ。自分が密《ひそ》かに抱《いだ》いている感情を、まるで相手にされていないような気がする。もっとも、宮木は知らないのだから無理もない話なのだが。

「あの時は、誠一さんが沢村の家に帰りたくないのだろう、居場所がないのだろうと思い、一晩だけでも安らかに眠《ねむ》れる場所を提供したかっただけです。もっとも貴方は誤解されて、逃げ出してしまいましたが」

「……ごめん」

項垂《うなだ》れた誠一の背中を、宮木はまた撫《な》でてくれる。

いっそ想《おも》いを伝えてしまおうか、という誘惑《ゆうわく》に駆《か》られたが、誠一はなにも言えないまま、しばらくの間じっと宮木に凭《もた》れていた。

なにもかも壊《こわ》れてしまえばいいという破壊《はかい》的な衝動《しょうどう》が起こりながらも、結局壊すことなどできないのだ。

一番怖いのは、宮木に嫌《きら》われ蔑《さげす》まれることだ。

それは、誠一にとって最大の弱点になるのだろう。――そして、そのことを西島も聡太も知っているのだ。

わざわざこんな手の込んだことをして、知らせてきたのだ。自分たちが知っていると。

どうすればいいのか――このことだけは、宮木に相談できない。胸の内にひっそりと隠《かく》して、どう闘《たたか》っていけばいいのか。

背中を撫でる宮木の手の優しさに泣きそうになりながら、誠一は一人考え続けていた。

「帰り道してくるなんて、ずいぶん余裕《よゆう》じゃない？」

夕食のあと、部屋に戻《もど》ろうとした誠一に聡太がそんな嫌味《いやみ》をぶつけてくる。

——誰のせいだと思ってるんだよ、とムッとしたものの、今日のことは聡太の知らないところで、西島が勝手にやったのだろうと宮木が言っていたのを思い出す。

だとすれば、ここで聡太を責めるわけにもいかない。

「——おい、聞いてないのか⁉」

聡太の声に、誠一はハッとする。

ふと考え込んでしまい、さっきからなにやら毒づいている聡太の言葉をまるで聞いていなかった。無視されたのが気に入らないのか、彼はますます誠一に突《つ》っかかってくる。

小型犬みたいだ、となんとなく誠一は思った。

自分よりも体格が小さいからというと失礼だが、それだけでなく、こんなふうにキャンキャン吠《ほ》えるあたりも、まるでチワワかパピヨンのようだ。

「……なにがおかしいんだ」

思わず、誠一が口元を緩《ゆる》めたのを目敏《めざと》く見つけ、彼は眉間《みけん》に皺《しわ》を寄せた。

「あ、ゴメン。ちょっと思い出し笑い…」

「ふざけるな。人を無視して……まったく君には真剣味《しんけんみ》がかけらも感じられないな！」

いらぬところで、さらに怒《いか》りを煽《あお》ってしまったようだ。

「これだから、よそ者は嫌なんだ」

吐《は》き捨てられた言葉に、誠一はピクリと反応する。

「よそ者……？」

「そうさ。よそ者じゃないか、君なんか。確かに、伯父《おじ》さまの血は半分流れてるんだろうけど、家のこともなにも知らずに、関係ない場所で生まれて育ってきたんだろう？　それが今になって突然《とつぜん》帰ってきて、のうのうと跡継《あとつ》ぎに納まろうだなんて……」

これには、誠一もカチンときた。

「俺だって、来たくて来たわけじゃねーよ」

もちろん選んだのは自分だから、無理やり連れてこられたなんて言う気はない。けれど、聡太の言葉は許せない。

「来たくて来たんじゃないんなら、種だけ残してさっさと出ていけばいいだろう。君の価値なんて、それくらいのものだ」

「お前なァ」

咄嗟《とっさ》に手が出そうになるのを、ぐっと堪《こら》える。

ここで聡太を殴《なぐ》っても、なんの解決にもならない。ましてや、他人の挑発《ちょうはつ》や中傷にいちいち反応するなと宮木にも言われているのだ。

こんなところを見られたら、また宮木にため息をつかれてしまう。

「……悪いけど、お前の挑発には乗らねーよ。俺は、まだ出ていくわけにはいかない。一臣さんに顔向けできねーからな」

自分を守ろうとしている人がいるのだ。宮木の信頼《しんらい》を裏切るわけにはいかない。

彼は言葉どおり、今日も必死に駆けつけてくれたのだから。

宮木のそばにいたいという想いはもちろんだが、今はただ、彼のために頑張《がんば》ることしか誠一は考えていないのだ。

誠一の言葉に、聡太はフンと横を向いた。

「つまり、一臣さんのためってことか」

いきなり図星を指され、さらに「バカみたい」と嘲笑《ちょうしょう》される。

「君、なにか誤解してるみたいだから、僕が親切に教えてあげるけど…」

高飛車な口調に、べつに教えて頂かなくてけっこうですよ、と言おうとした誠一を無視し、聡太は言葉を継《つ》いだ。

「君は、自分のために、一臣さんが一生懸命《けんめい》になってくれてるって思ってるだろう?」

——そのとおりだ。事実、そうじゃないのか?

誠一は首を傾《かし》げる。

「一臣さんは優秀《ゆうしゅう》だから、伯母《おば》さまが見込んで、一臣さんなら得体の知れない愛人の子供でも、見られるように教育してくれると思ってあてがっただけだよ。君、前に言ってたね。徹さんも一臣さんのように優秀なのかって。僕は生まれた時から教育を受けているから、慌《あわ》てて詰《つ》め込む家庭教師は、今さら必要ない。だから、徹さんは僕の身の回りの世話をするだけだ。徹さんはもともとウチに仕えてたから、慣れてて楽だろうってことだよ」

その身の回りの世話だけをするはずの西島は、誠一の存在になんらかの脅威《きょうい》を感じて、今日のような愚行《ぐこう》に走ったのに？　そう言ってやりたかったが、とりあえず唇《くちびる》を噛《か》み締《し》めて我慢《がまん》する。誠一は聡太の言葉を、邪魔《じゃま》せず最後まで聞いてみたいような気になっていた。

それが、宮木に関係している話らしいからかもしれない。

「一臣さんの家は、分家の中でも極《きわ》めて弱いんだ。冠婚葬祭《かんこんそうさい》の時はいつでも末席だし、呼ばれないことだってある。大切な行事でも、参加できないことがある。縁談《えんだん》だって、宮木の家となんてみんな嫌がる。だから、宮木の家はどんどん血が薄《うす》くなって、一族から外れていくんだ」

誠一には、それがそんなに大変なことなのかどうか理解できない。それは、聡太が言うように、よそ者だからなのか。

生まれた時から、分家の中で不当な扱《あつか》いを受けてきた宮木の人々は、どう受け止めているのだろうか。いっそ分家であることを捨ててしまいたいと思わないのだろうか。

「一臣さんが伯母さまに取り立てられたことは、奇跡《きせき》みたいなものだった。誰《だれ》もが驚《おどろ》いたけれど、一臣さんを見ると納得《なっとく》できた。……もっとも、いまだに納得せずに陰《かげ》で中傷する者もいるけれどね。もし一臣さんが、君を当主として相応《ふさわ》しいと思える人間に育てることができたなら

「……それはすごいことだ」

聡太はギッと正面から誠一を睨《にら》みつける。

「一臣さんの将来は保証される。伯母さまは、彼の出世を約束するだろう。一族の中で、彼の存在は揺《ゆ》るがないものになる。──わかるだろう？　君のためじゃない。彼は、宮木家のために、自分のために努力しているんだ。必死なんだ」

聡太の言葉はあたりまえのことだ──誰だって、他人のためではなく、自分のために行動する。それは当然だと頭では理解できるのに、誠一の胸の奥にちくんと痛みが走った。

返す言葉もない誠一を見て、聡太は溜飲《りゅういん》を下げたらしい。もうこのへんで勘弁《かんべん》してくれればいいのに、さらに追い討《う》ちをかけようと、なおも言葉を募《つの》らせる。

「もし伯母さまの納得がいく結果を出せれば、一臣さんは伯母さまに縁談の世話もしてもらえるんだ。これは、とても名誉《めいよ》なことだよ。それに、相手次第《しだい》では宮木家の価値が上がる。伯母さまだって、そういう相手を用意してくれるだろうからね」

得意そうに言う聡太の姿に、誠一は吐《は》き気《け》を覚えた。

時代錯誤《さくご》も甚《はなは》だしいと、ここに来た時から感じていたけれど──どう考えても、時代を逆行している。この羽鳥家の一族は、それでみんな平気なのか？　誰も、この状態を変だと思わないのか？

「……お前ら、バカじゃねーの？」

ぽつりと呟《つぶや》いて、誠一は踵《きびす》を返した。

「な、な、なんだって！　失礼だぞ、君はっ。僕だけじゃなく、伯母さまのことも侮辱《ぶじょく》する気か！」

いきり立つ聡太を、振《ふ》り向いて相手をするつもりはもうなかった。誠一は足を止めず、そのまま玄関《げんかん》に向かった。

「誠一さん、どちらへ？」

擦《す》れ違《ちが》った使用人の一人に、「ちょっと」と曖昧《あいまい》に言葉を濁《にご》す。使用人は、深追いしない。もともと誠一は、歓迎《かんげい》されていないよそ者なのだと、ここでも思い知らされる。

味方は、宮木だけだった。

信じられるのも、宮木だけだ。

だが——自分は自惚《うぬぼ》れていい気になっていたんだろうかと、誠一は恥《は》ずかしくなった。

彼は誠一を守ってくれるためだけに、存在していたのではない。そんなのは、聡太に指摘《してき》されるまでもなかった。

彼には、誠一以上に大切なものがあって、守らなければならない人がいて——わざわざ考える必要なんかない。昨日や今日出会ったばかりの誠一が、宮木にとってそれほど大切なわけがなかったのだ。誠一を大切に思うのは、家のためだ。家族のためだ。

宮木が大切にしているもののために、誠一が必要だった。そのための、道具にすぎなかった。

る。

靴《くつ》を履《は》き、玄関の扉《とびら》を開けて、誠一は腕《うで》時計を外した。それを玄関の広い三和土《たたき》に投げ捨てた。

今は私服だから、校章はつけていない。これで、発信機は身につけていないことになる。

誠一は、門までの長い道を黙々《もくもく》と歩いた。

大きな門の脇《わき》にある通用扉を開け、外に出る。車に乗らず、歩いて外に出るのは初めてだった。

右も左もわからない。

それでも、誠一は立ち止まる気はなかった。

二度とこの家には戻《もど》りたくない。それは、沢村の家を出た時よりも、強い思いだった。

大通りを歩いていると、ぽつぽつと雨粒《あまつぶ》が落ちてきた。

どこからかクリスマスソングが聞こえてきて、誠一はふと足を止める。

「……もうそんな時期なんだ……」

羽鳥家であてがわれた部屋には、大きなテレビもラジオもあったのに、ゆっくり見たり聞いたりしている暇《ひま》はなかった。詰め込めるだけ、必要な知識や常識を詰め込んで、それでいっぱいいっぱいだったのだ。

沢村の家にいたころは、まだもう少し余裕《よゆう》があったのかな、と考えておかしくなる。あの時も自分には自由などなく、窮屈《きゆうくつ》な生活を送っていて苦しかったのに、こんな時に思い出すなんてどうかしている。

まだ三か月は過ぎていないのに、沢村家での生活は、もう遥《はる》か昔のことのようだった。

ぶるっと身震《みぶる》いし、庇《ひさし》のあるところを選びながら、雨を避《よ》けて誠一はなおも歩いた。

着の身着のままで飛び出してきてしまって、ポケットには小銭も入っていなかった。しかもコートも着ていないのだから、とても寒い。

家や学校は暖房《だんぼう》完備だし、移動は常に車だったため、あまり季節感がなかったのが災《わざわ》いした。

「……隔離《かくり》されてたって感じだよな」

真っ暗な空を見上げて、ため息をつく。

これからどうすればいいのか、途方《とほう》に暮れる。

どこに行けばいいのか、行くあてなどない。お金がないから、電車の切符《きっぷ》一枚買えない。さらに金を稼《かせ》ごうにも、この状態でどうすればいいのか。

だからとにかく、歩くしかない、と誠一は思っていた。

東京に戻れば——東京でなくても、もう少し繁華街《はんかがい》に出ればなんとかなるような気がした。

こんな住宅街では、どうしようもない。

声をかけてくる人間もない。

いつかのように、誘《さそ》ってくる人間がいたら、どんな男でも女でもいいからついていくのに、なんて思う。今はもう、この身体《からだ》以外なにもないから、それで稼ぐしかないと思った。

——バカなことを。

ふと、宮木の声が聞こえたような気がして、慌《あわ》てて頭《かぶり》を振って彼の幻影《げんえい》を追い出した。

宮木なんて、もう関係ない。

出世のための駒《こま》を失って、せいぜい狼狽《うろた》えればいい、と誠一は考えて自嘲《じちよう》気味に唇《くちびる》を歪《ゆが》めた。

いや、宮木が悪いわけではないのだ。

彼のとった行動はあたりまえのものだし、誤解して変に期待していた自分が本当にバカだったのだ。宮木のせいじゃない。

ただ——つらいだけだ。これ以上、彼のそばにはいられない。

たとえば無事に誠一が跡継《あとつ》ぎとして認められて——それでどうなるのだろう。宮木は出世して、芙有香が勧《すす》めた縁談《えんだん》で家庭を持ち、幸せになるだろう。だが、誠一は？

べつになりたいわけじゃない跡継ぎになって、適当にあてがわれた相手と結婚《けつこん》して、子供を作って……それで幸せ？　本当に？

本家に仕える宮木とは、嫌《いや》でも顔をあわせることになるだろう。彼が幸せなら自分も幸せだなんて、偽善《ぎぜん》的なことは言えない。本当に欲しいのは彼なのに——その望みは一生叶《かな》わない。

「……わかってるけどさ」

雨に濡《ぬ》れながら、ぽつりと呟《つぶや》いた。

「どうせなら、あいつを出世させて……そのあと逃《に》げ出したほうがよかったのかなあ」

身勝手なことをしたのは、よくわかっていた。

闇雲《やみくも》に歩いているうちに、頭はすっかり冷えた。衝動《しようどう》的に飛び出して、どうなるものでもないということも今はわかる。だが、もう戻れない。

今さら、どんな顔をして戻ればいいのか。……戻りたいとも思わない。

ようやく、駅前らしき場所に到着《とうちゃく》した。私鉄の駅だった。あまり大きくはない。

誠一は路線図を見て、方向を確かめた。線路沿いに歩いていけば、JRの駅に出られるだろう。

とりあえずJRの駅まで行って、そのあとのことは到着してから考えようと思った。電車でなら三十分もかからない距離《きょり》だが、歩くとどれくらいの時間がかかるかわからない。線路沿いにずっと道があるとも限らないのだ。

幸い雨は小降りだった。

冷えた手に、ハーッと息を吹《ふ》きかけ、誠一はまた歩き出した。

歩くうちに、何度も電車が通り過ぎていった。次の駅に辿《たど》りつけば、また次——次第《しだい》に足が疲《つか》れてきて、喉《のど》も渇《かわ》いた。

空に向かって口を開けてみたが、雨では思うように渇きを癒《いや》せないことがわかった。周囲を見回した誠一は、公園を見つけた。立ち寄ってみると、飲み水用の水道がある。

冷水ではないのに、水は歯に染《し》みるほど冷たかった。十二月なのだからあたりまえだと苦笑《くしょう》する。

「……でも、凍《こご》えるほどじゃないよな」

呟いて、周囲を見回す。都心の公園なら、デート中のカップルの姿があるのだろうが、ここには人っ子一人いなかった。

ジャングルジムの隣《となり》に、コンクリート製のオブジェのようなものがあって、近づいてみると中は空洞《くうどう》になっていた。

寒いのはどうしようもないが、ここなら雨は防げる。

手がかじかんで、さっきから歯の根があわなくなってカチカチ震《ふる》えていた。どうせ飛び出すなら、いったん部屋に戻《もど》ってコートを着てくるべきだった、と今さらの後悔《こうかい》をまたくりかえす。そうして、部屋に戻れば、多少のお金だってあったのだ、と苦笑した。

計画性がないというか、衝動的なバカというか——硬《かた》いコンクリートの上に膝《ひざ》を抱《かか》えて座り、立てた膝に額をくっつける。

雨の音が強くなっていた。

ここで休むことにしてラッキーだと思った。あのまま歩いていたら、もっと濡れ鼠《ねずみ》になるところだった。

朝になって周囲が明るくなったら、また気分も変わるかもしれない、と誠一は考えた。後悔ばかりが込み上げてきたり、孤独感《こどくかん》に苛《さいな》まれたりするのは、夜のせいだ。明かりがないと、人間はロクなことを考えない。

このまま寝《ね》てしまおう——そう思って、誠一が震える身体を自分で抱《だ》きしめ、目を閉じた時だった。

雨の音に混じって、ひたひたとなにかが近づいてくる音がする。

誠一はギョッとして顔を上げた。

外に目を凝《こ》らすが、暗くてよく見えない。だが、近づいてくる足音は間違《まちが》いなかった。

もしかしたら、この場所には先住人がいるのかもしれない、と考える。それなら謝って明け渡《わた》すしかない。だが——善人ばかりとは限らない。ホームレス狩《が》りとか、行きずり殺人とか……。

足音は、迷いもせずにこの場所に向かってきていた。

誠一の場所からは、その人物の足だけが見える。どうやら男のようだ。ごく普通《ふつう》のズボンと革靴《かわぐつ》を履《は》いていた。

ごくりと唾《つば》を飲み込んで、誠一は身を強張《こわば》らせた。

もしかして、補導員？　警察？

それなら、財布《さいふ》を落としたとか適当なことを言って、金を借りるか？　まさか、宮木が警察に捜索《そうさく》願いを出して、捜《さが》しにきたなんてことはないだろうか。

誠一は身構えながら、尻《しり》で僅《わず》かに後退《あとずさ》る。

目の前まで来た人物は、身を屈《かが》めてこちらを覗《のぞ》き込んできた。そうして——。

「まだ気は済みませんか？　そろそろ帰りましょう」

宮木だった。

誠一は息が止まりそうなほど驚《おどろ》いて、それからハーッと大きく息をついて脱力《だつりょく》した。緊張感《きんちょうかん》が一気にほぐれて、貧血《ひんけつ》を起こしそうだった。

宮木は傘《かさ》を畳《たた》み、中に入ってきた。誠一ですら、まっすぐ立つと頭がぶつかる狭《せま》いオブジェだ。身を屈めたままの宮木が入ってくると、息が詰《つ》まりそうだ。

「……あ、あと、尾行《つけ》てたのかよ…っ」

なんだかムカムカして、つい反抗《はんこう》的な物言いになった。

「いいえ」

宮木は、さらりと答える。

「私は、徹さんに今日のことで厳重注意を促《うなが》していましたから。その間に、誠一さんも夕食を終えられただろうと思って戻ってみたら、飛び出していかれたと伺《うかが》いました。聡太さんとなにやら言い争っていたということだったので、ちょっと頭を冷やしに庭にでも出られたのだろうと思っていましたが、あまりに帰りが遅《おそ》いので」

「じゃあ……なんで、ここが…」

呆然《ぼうぜん》と、誠一は聞いた。

「今日、教えたはずですが。貴方《あなた》には、発信機を取りつけてあります」

「時計なら、外して捨てた」

呆《あき》れたように、宮木は肩《かた》を竦《すく》める。

「玄関《げんかん》に落ちてましたね、そういえば。……貴方の今穿《は》いているズボンの前ボタンにも、発信機がついています」

「ええ⁉」

「時計は外されることもあるでしょうから、念《ねん》の為《ため》に、貴方の着用する衣類のボタンには、一
通りつけてあります。なにかあってからでは困りますから」

どう考えたって異常なことを、いけしゃあしゃあと言って退《の》けられ、誠一は一瞬《いっしゅん》返す言葉を
失った。

「……頭を冷やすためとはいえ、ずいぶん遠くまで来られましたね。二時間以上、歩き続けた
のではないですか？　こんなに濡《ぬ》れて…」

さりげなく伸《の》ばされた手を、誠一は目の前で叩《たた》き払《はら》った。

「誠一さん？」

「なにかあって困るのは、俺が跡継《あとつ》ぎ候補だからだろ」

「……それは、もちろん」

「あんたの出世の道具だからだよな」

吐《は》き捨てると、今度は宮木が黙《だま》り込む。

彼はなにやら考えているように、逡巡《しゅんじゅん》するようすを見せた。納得《なっとく》する答えに行き着いたのか、

ゆっくりと口を開く。

「……聡太さんとの言い争いの原因は、そのあたりですか？」

「言い争いなんかしてねーよ」

もういいから帰れよ、と誠一は声を上げる。

「俺は帰らない。あの家には、二度と戻《もど》らない。跡継ぎなんか真っ平だ」

「それで、どうするんですか？」

冷静に聞き返されて、言葉に詰まった。

「ここでホームレスにでもなるつもりですか？　羽鳥本家の血を引く者が、情けない」

「だ、だからっ、そんなのはもう関係ないって言ってんだよ！」

「せっかく、この三か月近く努力してきたことを、すべてふいにするつもりですか？」

「どうでもいい、そんなの」

誠一は吐き捨てる。

「悪かったな、あんたの思い通りにならなくて。俺がいなくなったら、出世はパァだな。芙有香さまが世話してくれる縁談《えんだん》もなくなるし、宮木の家は…」

おしまいだ、と最後まで言えなかった。なぜか涙《なみだ》が込み上げてきて、誠一はまた立てた膝《ひざ》に顔を埋《うず》める。

「……貴方は、いったいなにを言ってるんでしょうね？」

まったくしょうがないと言いたげな口調に、いたたまれなさが倍増した。これでは誠一がただのワガママで、宮木を振《ふ》り回しているようだ。——実際、そうなのかもしれないが。

ワガママついでだ、と誠一は顔を上げずに言った。

「……頭を下げて頼《たの》んだら、帰る」

泣いていることを知られたくなくて、鼻水が出そうになるのを必死で堪《こら》える。

「私のために戻ってください、頑張《がんば》ってくださいって……言えよ。そうすれば私の一生は安泰《あんたい》です、仕事も家庭も手に入ります、私は宮木家の誇《ほこ》りになって……幸せになれますって。そう言って、頼めよ」

「——なんで泣きながら、そういうことを言うんでしょうね？　貴方は」

「泣いてねェッ」

咄嗟《とっさ》に顔を上げたが、宮木がふふんと得意げな顔をしたので、慌《あわ》ててまた膝に隠《かく》す。

「聡太さんが言ったんですか？　貴方が跡継ぎとして認められたら、私は……宮木家の誇りになって幸せだって？」

誠一は答えなかった。だが、沈黙《ちんもく》を肯定《こうてい》と受け取って、宮木は言葉を続ける。

「確かに、誠一さんが無事に認められたら、私の一生は保証されるでしょうね。私の教育の賜《たま》物《もの》だからと、貴方を脅《おど》して秘書にでも使ってもらいましょうか」

どこか皮肉めいた口振りだった。

「つまり、ここで貴方が逃《に》げ出すというなら、私は監督《かんとく》不行き届きの役立たずだと罵《ののし》られて、宮木家全員が後ろ指を指されるわけですね。そうならないためにも、頭を下げて頼め、と。……では、頼まなかった場合、貴方はどうするんですか？　一文無しで着の身着のまま飛び出して、どうやって生活するつもりですか？」

――宮木の言うとおりだった。

誠一は、無力だ。なにも持たず、なにもできない。

「かまいませんよ、貴方がそうしたいなら。私は、羽鳥本家の恩恵《おんけい》に縋《すが》って生きていくつもりはない。羽鳥とは縁を切って、べつの世界で生きていってもいい。ちゃんと生きていけます。……でも、貴方は？」

分家の中でも、飛び抜《ぬ》けて優秀《ゆうしゅう》だという宮木だ。実際、一人ででも、どこででも生きていけるのだろう。

「学歴もなく、手に職もない。守ってくれる後ろ盾《だて》もない。保証人なしでは、アパートの部屋も、就職先も得られない。感情的に飛び出して、いったいなにができるというんですか？　残り、もう一か月もない。その間努力して、やり遂《と》げようとは思わないんですか？　先のことは、跡継ぎとしてすべてを手に入れてから、考えればいい」

「……すべてを手に……？」

はい、と宮木は頷《うなず》いた。

「……すべては、手に入らない」

「え？」

小さく呟《つぶや》いた誠一に、宮木は訝《いぶか》しげに眉《まゆ》を寄せる。

「俺の欲しいものは、そんなんじゃないんだ。跡継《あとつ》ぎの座とか、働かなくてもいい身分だとか。想像もつかないような財産とか、何人もの使用人や無駄《むだ》に広い屋敷《やしき》……──そんなの、いらない。羽鳥本家の当主になって、あんたを秘書にして……それで、あんたの結婚《けっこん》式に出て祝辞を述べて、子供ができたら出産祝い贈《おく》って、し、幸せそうな…っ、家庭を持ったあんたを……ずっと、見ていくのか？　ずっと──……俺は…っ」

また涙が込み上げて、誠一は両手で顔を覆《おお》った。

「……俺が欲しいのは、一臣さんなんだ」

その言葉を口にした途端《とたん》、雨の音しか聞こえなくなった。宮木は、なにも言わない。

どうしてなにも言わないのか、そんなことは嫌《いや》というほどわかっている。言ってはいけないことを、言ってしまったからだ。

この想《おも》いを口にしては、いけなかった。誠一にだって、わかっていた。けれど、言わずにはいられなかったのだ。

言えば、このまま黙《だま》って去ることを許してくれるだろう。跡継ぎ候補に奇妙《きみょう》な恋情《れんじょう》を寄せられて、宮木は迷惑《めいわく》だと思うに違《ちが》いなかった。

誠一を残して、宮木は一人で帰っていくだろう——そう思ったのだが、彼はいっこうに立ち上がる気配がなかった。

宮木がどんな顔で誠一を見ているのか、恐《おそ》ろしくて確かめることはできない。

早くどこかに行ってしまってくれ、と誠一は心の中で祈《いの》った。

これ以上、こんなみっともない姿を彼の眼前に晒《さら》していたくない。

「私は、誠一さんのものですよ？　結婚するなと言われればしないいし、子供を作るなと言うなら作りません」

しばらくして、宮木はそんなことを口にした。

それは主従関係だと言っているのだろうか、と誠一は考える。当主になった誠一が命令すれば、宮木は逆らえないということなのか。

「……そんなんじゃないよ。徹さんは、気づいてる。だから、人を使って俺を連れ出して襲《おそ》わせたんだ。あれは警告だった。邪《よこしま》な下心を持ってる俺に、出ていけって…」

「徹さんには、ちゃんと話しておきました。二度とあんなことはさせません」

「だからっ——……もういいんだって。一番欲しいものは手に入らない。一臣さんは俺のものじゃない。俺がどんなに頑張ったって……手が届かない」

宮木がふっとため息をついた。

「手が届かないのは、私のほうです」

抑揚《よくよう》のない口調だった。もうとっくに、なにもかもあきらめてしまったような感じだ。

「……貴方《あなた》は、羽鳥本家の直系だ。私には最初から、手の届かない存在です」

「それって…」

誠一はおそるおそる顔を上げる。

自分をじっと見つめている宮木と、目があった。彼の表情は、バカにしているのでもなければ、怒《おこ》っているのでもないことがわかった。

優《やさ》しい、目だった。ただ優しいだけじゃなく、どこかせつなくて胸が苦しくなる。

誠一は、宮木もまた自分と同じ気持ちなのではないかと思った。自分に対する想いを抱《かか》えて、ずっとそれを隠《かく》してきたのではないかと。

「――一臣さん、俺を好き？」

宮木は、瞬《まばた》きでそれに答えた。

「じゃあ、このままどこかに行こう！」

誠一は勢い込んで声を上げる。

「一緒《いっしょ》に、どこか知らないところで……二人だけで暮らそう。俺、なにもいらない。財産も、跡継ぎの座もなんにもいらないんだ。一臣さんがいてくれるだけでいい。一臣さんだって、さっき言ったじゃん。羽鳥家と縁を切っても生きていけるって…」

「それは、できない」

静かな、だがきっぱりとした口調だった。

誠一の上から、絶望の帳《とばり》が下りてくる。

どうして、と悲しくなる。――いや、今さら聞くまでもないことなのだ。

「……無理だよな、あんたには……捨てられないんだ。もし一臣さんがいなくなったら、残された家族は大変なことになる。俺とは違う。一臣さんには、守らなきゃならないものがたくさんある」

「違う。私が一番に守らなければならないものは、貴方です。けれど、本家の血を絶やすことはできない。私にはできない」

それは、宮木の偽《いつわ》らざる本心なのだろう。誠一には、よくわかった。

「――わかった」

帰るよ、と誠一は言った。

「でも、その前に一つだけ……帰るのは、明日の朝にしたい。今夜は、一臣さんと一緒にいたいんだ。今夜だけでいい。それで、忘れるから。全部忘れて、なかったことにして――俺、また頑張《がんば》るから」

「誠一さん」

宮木に向かって、誠一は手を伸《の》ばした。

冷たい手を彼はそっと握《にぎ》って、引き寄せてくれる。身を寄せたスーツの胸元《むなもと》からは、雨の匂《にお》いに混じって、微《かす》かにフレグランスの甘い香《かお》りがした。

宮木の車で、少し離《はな》れた場所にあるシティホテルに部屋を取った。

ビジネスホテルに毛が生えた程度の設備で、ツインの部屋は、ベッドが二つと椅子《いす》とテーブル、テレビがあるだけの簡素なものだ。

「とにかく、先に風呂《ふろ》に入ってください。身体《からだ》が冷えきってしまっている」

「……一臣さんが暖めてくれるんじゃないの？」

「子供のくせに、どこでそんな台詞《せりふ》を覚えてくるんですか」

笑いながら、彼は言った。

追い立てられるように小さなユニットバスに押し込められ、誠一はこれが現実なのか夢の続きなのかわからなくなる。

本当はまだあの公園のオブジェの中で、凍《こご》える膝《ひざ》を抱えて眠《ねむ》っているのではないだろうか。

そうしてこんな夢を見ているのではないのか。

湿《しめ》った服を脱《ぬ》いで、脱衣《だつい》カゴの中に入れる。

宮木がすでにお湯を出しておいてくれたので、湯船には半分くらいのお湯が溜《た》まっていた。

手で軽く掻《か》き回し、誠一は「アチッ」と声を上げて、慌《あわ》ててお湯の温度を調節する。

冷えているせいでよけいに熱く感じるのだろうが、とても入れない。

水で少し埋《う》めてから、お湯に浸《つ》かった。手足の先が痺《しび》れて、痛む。暖かさにほうっと息をつき、ようやく現実感が込み上げてきた。

今ごろ、宮木は部屋でどうしているだろう？

後悔《こうかい》しているのではないか、と思った。

あんなことを言って誠一をここまで連れてきたけれど、やはりあれは口先だけのことで——もしかしたら、もう部屋にはいないかもしれない。初めて出会った時にもそうするつもりだったのと同じで、誠一に寝《ね》る場所を与《あた》えただけで、自分は家に帰ったのではないだろうか。

そう考え始めたら、とてもゆっくりお湯に浸かって暖まっている気になどなれなかった。

ザッと立ち上がり、備えつけのバスタオルを被《かぶ》る。

ふと、脱衣カゴの中のズボンが視界に入った。見た目はなんの変哲《へんてつ》もないボタンだが、これが発信機なのか？　と手に取る。

このボタンのおかげで助かったわけだけれど——今も、宮木以外の誰《だれ》かがこれの発信を感知して、監視《かんし》しているのかもしれないのだ。

もし部屋に宮木がいなかったら、壊《こわ》してしまおう、と考える。

宮木だけが欲しいのだと口にしてしまったら、本当に自分にはそれしかない気がしていた。

宮木がいなくなったら、生きている価値もない、と。

バスルームから誠一が飛び出すのと、宮木が携帯《けいたい》の回線を切るのはほとんど同時だった。

宮木がいなくならずにいてくれたことにホッとしながらも、誠一は彼がかけていたらしい電話が気にかかる。

「……電話？」

「ああ、家に。佐和《さわ》さんが、心配していたから」

佐和さん、というのは、誠一が屋敷《やしき》を飛び出す際に声をかけてきた女性だ。

「もう遅《おそ》いから、明日の朝帰ると連絡《れんらく》しておきました。……どうしました？　ビショビショだ」

身体もろくに拭《ふ》かずに飛び出してきた誠一に、宮木は怪訝《けげん》な目を向ける。そうしてベッドから立ち上がると、誠一の前に来て、タオルで髪《かみ》を拭いてくれた。

「あ、あの…」

「一人で風呂に入るのが怖《こわ》くて、飛び出してきた？」

「違…っ」

「じゃあ、私がいなくなるんじゃないかと思って、慌てたんだ？」

口調が少し砕《くだ》けたものになっている。笑いを含《ふく》んだ台詞に、格好悪いと思いながらも、誠一は頷《うなず》いた。

「いなくなるわけがないでしょう。……せっかくの夜なのに」

「ホントにそう思ってる？」

もちろん、と宮木は頷いた。

「一臣さん、ホントに俺のこと好き？　俺が……跡継《あとつ》ぎ候補だから、命令されたら断れないとかで……」

「そんなわけないでしょう」

誠一の手から、持っていた衣類がパサリと床《ゆか》に落ちる。

バスタオルをまとっただけで、素《す》っ裸《ぱだか》だ。宮木は躊躇《ためら》いもせずに、そんな誠一を抱《だ》きしめてくれる。

ふわりと抱《かか》えられただけなのに、誠一の心臓は口から飛び出してしまいそうなほど高鳴った。

「……今夜だけ――貴方を自由にできる。貴方を無事に跡継ぎとして認めさせることができても、本家で働かせろとか、宮木の家を取り立てろなんて言いません。私には、今夜一晩があるだけで充分《じゅうぶん》だ。なにもいらない。今夜だけで、この先一人で生きていける」

「一臣さん……」

「芙有香さまに縁談《えんだん》を勧《すす》められても断ります。結婚《けっこん》はしない。子供も作らない。私の幸せは、今夜で使い果たします」

彼の言葉は、あきらかに誠一が駄々《だだ》を捏《こ》ねるように言った公園での台詞を受けたものだ。申しわけなさが湧《わ》き起こって、誠一は慌てた。

「……駄目だよ、そんなの」

宮木の胸に、頭を擦《こす》りつける。

「……ごめん、俺があんなこと言ったから。俺のワガママだった。俺、一臣さんにはちゃんと幸せになってほしい」

「幸せです。貴方《あなた》とこうして、抱きあうことができた」

本当に？　と聞き返そうとした誠一の言葉は、声にならなかった。ゆっくりと唇《くちびる》を塞《ふさ》がれて、吐息《といき》ごと宮木に奪《うば》われてしまったのだ。

風呂《ふろ》で暖まってきたはずなのに、宮木の唇は誠一よりももっと熱かった。さらに熱い舌が侵《しん》入《にゅう》してきて、歯列をなぞり上顎《うわあご》をくすぐる。おずおずと自らの舌先を伸《の》ばした誠一は、絡《から》め奪《と》られそうになって、慌《あわ》てて逃《に》げる。

獲物《えもの》に手を出しては引っ込める猫《ねこ》のように、何度かそんなことをくりかえしてから、ようやく二人の舌は絡みあった。そのころにはもう誠一は頭がぼうっとしてきて、立っていられなくなっていた。

「一臣、さ…」

その場に頽《くずお》れそうになったが、彼の腕《うで》がしっかりと腰《こし》を抱いてくれている。

「……俺…——初めて会った時、あんなこと言ったけど…」

街をふらふらしていて、客を引いていると誤解された時のことだ。誠一はまだ誰とも、肌《はだ》を重ねたことがない。

「わかっています」

間近で、宮木は薄《うす》く笑った。

「誠一さんが、そんな浅はかな人間じゃないことくらい、とっくに知っています」

「俺――バカだけど…」

バカじゃないですよ、と彼は言ってくれる。

「努力家で素直《すなお》で、……寂《さび》しがりやだ」

「……一臣さん、も？」

聞き返したが、もう彼は答えずにシッと唇の前に人差し指を立てた。そうして、誠一を抱えるようにして、ベッドに誘《いざな》う。

安っぽいベッドは、硬《かた》くて狭《せま》い。男二人分の体重を受け止めて、ベッドは軋《きし》んだ音を立てる。

改めて、宮木が誠一に口接《くちづ》ける。

目を瞑《つぶ》って、その唇を受け入れると、立って交《か》わしたキスよりも深く貪《むさぼ》られる感じがした。混ざりあった唾液《だえき》が、喉《のど》に流れ込んでくる。上手く飲み込めなくて、誠一は少し噎《む》せた。

気がついた宮木がいったん唇を離《はな》し、誠一を見下ろしながら服を脱ぐ。

ジャケットとシャツを床に投げ捨て、ベルトに手をかけた。ドキドキしながら、誠一はずっと彼を見ていた。見ているだけで興奮して、すでに誠一の中芯《ちゅうしん》は硬く頭を擡《もた》げ始めている。バスタオルはすでにはぎ取られてしまったから、隠《かく》すものがなにもない。

恥《は》ずかしさに両脚《りょうあし》を擦りあわせて下半身を捩《よじ》ったが、すぐに宮木に気づかれた。

「……隠さなくてもいいでしょう」

「だって……」

「私も一緒《いっしょ》です」

見ると、宮木の欲望も昂《たかぶ》っているのがわかる。

誠一は嬉《うれ》しくなった。彼の身体《からだ》が、命令されて仕方なくとか、家に連れ戻《もど》すために渋々《しぶしぶ》とかいうのでないことを示してくれているのだ。

「――触《さわ》っていい？」

「それは私が……」

「触りたいんだ」

私もです、と宮木は言った。その言葉に頷《うなず》いて、二人はお互《たが》いのものに指を這《は》わせた。自分のものに触《ふ》れるよりも、丁寧《ていねい》に高めあっていく。手の中で、その存在が脈打つのが愛《いと》しい。

宮木はゆっくりと誠一に覆《おお》い被《かぶ》さり、首筋や胸に唇を接けた。胸の先端《せんたん》を舌で舐《な》め、時折吸われて、誠一は甘えた声を漏《も》らす。

せつないような、痺《しび》れるような疼《うず》きが湧き起こってきた。

「……ん――」

宮木は自身から誠一の手を外した。どうして？　と目を向けた誠一に、少し困った顔をする。

「……こんなことになるとは思ってもみなかったので、なんの用意もありません」

「スキン？」

そう、と彼は頷いた。

「挿《い》れるの？」

「できれば」

「いいよ、そのままで」

「そんなわけにはいきません」

いいから、と誠一は宮木の首にしがみつく。

「汚《きたな》いから、嫌《いや》だ？」

「そんなことは言ってません。……貴方に、つらい思いをさせることになる」

こんな時にでも、誠一のことを考えてくれるのだ。

宮木はいったん誠一から離れ、バスルームへと向かった。そうして、小さなチューブを手に戻ってくる。

「なに？」

「シェービングクリーム。……ないよりマシでしょう。スキンはどうしようもないので、このまま…」

誠一は頷いた。宮木の耳に口を寄せ、「ラブホテルにすればよかったね」と囁《ささや》く。

「そういう知識だけはあるんですね」

言外に、行ったこともないくせに、という意味合いが含《ふく》まれていた。そのとおりだったので、誠一も黙《だま》って笑った。

「いいですか？」

「うん。……して」

彼の指が、途中《とちゅう》のままほったらかされていた欲望に触れ、さらに背後に回る。指は確認《かくにん》するように、ゆっくりゆっくり進んできた。いっそ焦《じ》れったいほどだ。

押し開かれる感覚は、むず痒《がゆ》く少し苦しい。

誠一は、自分のものに手を伸ばした。

「駄目《だめ》ですよ」

自分で触っては駄目だと、宮木は言うのだ。

「……イキたい」

「先にいくと、あとがつらいから」

「でも――なんか……一臣さんの、指が……動くのが、なんか――……あ…」

体内で指が蠢《うごめ》くのが、今まで経験したこともない妙《みょう》な感覚を引き起こす。怖《こわ》いような、気持ち悪いような――でも、やめてほしくない。不思議な感じだ。

「もう少し、我慢《がまん》」

言いながら、彼は気を紛《まぎ》らわせるようにとキスしてくれる。そのキスに応《こた》えながらも、誠一の意識はどうしても彼の指のほうに向かってしまう。

「……ん、――……う……ん……っ」

もう嫌だ、と誠一はあっさり音を上げた。

「嫌……？　やめますか？」

「……そ、じゃない。……じゃなくて――ねえ、早く……俺、待てない……」

「まだ準備が整ってない」

そう言いながらも、宮木の声が少し欲望に掠《かす》れているのを誠一は知った。我慢しているというのなら、彼のほうがよほどそうなのだろう。欲望のまま、誠一を引き裂《さ》いたっていいのに。

「つらくても、いい」

「まったく、貴方という人は……」

知りませんよ、と言いながら、宮木は誠一の脚を抱《かか》えた。大きく開かれた部分に枕《まくら》をあてがい、角度をつけて彼は熱く滾《たぎ》った欲望を押しつけてくる。

それは容赦《ようしゃ》なく、誠一の体内に潜《もぐ》り込んできた。

「あ――あっ、……あ――」

口を開け、誠一は深く息を吸い込んだ。胸を喘《あえ》がせ、上へと擦《ず》り上がろうとする。

宮木の腕が腰を摑《つか》んで引き寄せ、さらに深く打ちつけられた。

目で見て、頭で想像していたよりも、巨大《きょだい》ななにかが入ってくる感じがした。身体《からだ》が軋《きし》み、冷《ひ》や汗《あせ》がどっと噴《ふ》き出す。

「……誠一さん、大丈夫《だいじょうぶ》ですか？……無理なら……」

「——め、ない……や、だ」

やめないで、と誠一は言った。

本当はやめてくれたほうが、楽になれるのはわかっている。それでも、彼と深く混ざりあいたかった。そして——。

「一臣、さ……いい？　俺、——いい？」

もちろんだと、宮木は頷《うなず》いた。彼が頷くとその振動《しんどう》が、直接交《まじ》わった部分から伝わってくる。

「嬉《うれ》し…」

汗で張りついた前髪《まえがみ》をかき上げてくれ、宮木はゆっくりと動き出した。

彼が動くたびに、腰がずれそうな衝撃《しょうげき》を感じる。内臓を内側から擦《こす》られて、たとえようもない不快感と快感がない交ぜになって誠一を襲《おそ》った。

今まで知らなかったものが、身体の奥底から呼び覚まされるようだ。自分でも知らなかった、身体の一番奥の熱を、宮木が浚《さら》っていく。

「あ、……あっ——ん、んん……っ、……っ」

「ああっ」

揺《ゆ》さぶられるままに、誠一は宮木に身体を預けた。

強く腰を押しつけられ、彼の腹に擦られて、誠一もまた限界が近かった。

誠一は目の前の彼の肩《かた》に歯を立てる。綺麗《きれい》についた筋肉の感触《かんしょく》と、汗の匂《にお》いに、頭がぼうっとした。

「……あ――……あ……」

う、と低く呻《うめ》いて、宮木は震《ふる》えた。

身体の奥に、ひたりと染《し》みてくるものがある。少し遅《おく》れて、誠一も彼の腹を汚《よご》した。息苦しさに、誠一は大きく口を開ける。そこにすかさず口接《くちづ》けられて、夢中で彼と舌を絡《から》めた。

溶《と》けそうだ、と誠一は思った。

誰《だれ》かと肌《はだ》を合わせることがこれほど幸せだなんて、考えてもみなかった。

もちろん、宮木以外の誰かでは駄目だ。

彼だけだ――と思いながら、誠一は宮木の背中に手を回して強く抱《だ》きしめた。

■□■

一晩だけの約束だった。

その決心が揺らぐほど、抱きあった。いや、一晩しかないと思うからこそ、あれほどお互《たが》いに求めあったのかもしれない。

誠一が僅《わず》かな睡眠《すいみん》から目覚めて、ぼんやりと眠《ねむ》い目を擦りながら身を起こすと、宮木はすでに身支度《みじたく》を整えて、粗末《そまつ》な椅子《いす》に腰を下ろし窓から外を眺《なが》めていた。

「……目が覚めましたか」

誠一が起きたのに気づいて、彼はゆっくり振《ふ》り返る。

昨夜の激しさが嘘《うそ》のように、宮木の顔は穏《おだ》やかだ。いつもとまるで変わらない表情から、誠一への恋情《れんじょう》は抜《ぬ》け落ちてしまったのではないかと思えるほどだった。

「身体は大丈夫ですか？」

「……うん」

「うん、ではなく、はい、でしょう」

もういつもの教育係に戻《もど》ってしまっていることに、落胆《らくたん》とおかしさが入り交じる。

「シャワーを浴びますか？」

「う——はい」

頷きかけて、言い直した。

「まだ雨は止《や》んでいません。どこか近くで朝食を摂《と》ってから、戻りましょう。このホテルは、ろくなルームサービスがないようなので」

期待していたわけではないが、甘いムードなどまったく感じさせない淡々《たんたん》とした物言いに、誠一の胸はしくりと痛んだ。

本当に一晩だけの夢だったのだ、と思う。

だが、幸せな思い出として胸の奥にしまい大切にするには、誠一の想《おも》いはまだ生々しすぎた。宮木への恋心《こいごころ》は、今も消え去らないどころか、抱きあう前よりもずっと激しいものになってしまっている。それこそ、彼のためならなにもかも捨てていいと思うほどだ。

でも、宮木はそれを望まない——誠一は悟《さと》って、黙《だま》ってベッドを降りた。

身体の奥に残っている異物感と、あちこちのだるい痛みが、昨夜のことが夢でなかったことを教えてくれる。けれどこれらはみんな、三日もすれば消えてしまうのだろうな、と誠一は思った。

残るのは、誰にも言えない、殺してしまうしかない、宮木への想いだけだ。

バスルームに向かおうとした誠一の足が、ふらりとよろめいた。

「誠一さん！」

慌《あわ》てたように宮木が駆《か》け寄ってきて、誠一を支えてくれる。

「……ごめん、平気」

「もう少し休んだほうがよければ……」

「いいよ。……ずるずる先延ばしにしたって、どうせ帰らなきゃなんないんだし」

本心から言った誠一に、宮木は微《かす》かに眉《まゆ》を顰《ひそ》めたがなにも言わなかった。

終わってしまったのだと、誠一は思った。

宮木は誠一よりも大人だから、割り切るのもあきらめるのも早いのかもしれない。自分は子供だからジタバタといつまでも足掻《あが》いてしまうけれど、いくら彼を好きでも——どうしようもない。

これ以上、宮木を困らせるわけにはいかない。

宮木のために正式な跡継《あとつ》ぎになって——……それでどうする？

宮木は、誠一が命じれば、結婚《けっこん》などしないと言った。家庭も持たず、子供も作らない。秘書として、誠一のために仕え、一生誠一のそばで働くと。

だが、誠一は、直系の血を絶やさないために跡継ぎになるのだ。好きでもない女と結婚して、血を残すためだけに子供を作る。

本当に想う人間がすぐそばにいるのに、一生手は届かない。そんな生き方しかできないのか？

バスルームに入り、シャワーのコックを捻《ひね》った。

温《ぬる》めのお湯がサーッと噴《ふ》き出す。その下で、飛沫《しぶき》を全身に受けながら考える。

——本当に、そんな生き方しかできないのか？

自分には、なんの力もないのか？

問いかけても、答えは出なかった。

わからないことが多すぎる。わかっているのは、自分はまだなんの力も持たない子供だということだ。

だが、子供はいずれ大人になる。成長する。その時になにができるか。

焦《あせ》らずに考えていこう、と決意した。あきらめずに、考える。

「……俺、絶対にあきらめねーから」

昨日彼が愛してくれた自分の身体《からだ》を抱《だ》きしめて、誠一はぎゅっと唇《くちびる》を引き結んだ。


駅前にファミリーレストランがあるのを見つけて、「入りたい」と誠一は言った。宮木は不本意だったようだが、駐車場《ちゆうしやじよう》があって便利だという誠一の言い分に、渋々《しぶしぶ》従ってくれた。

大きな窓の側のテーブルについて、向かいあう。

窓ガラスは雨に洗われていたが、店内との温度差のせいで曇《くも》り、外の景色は見えない。

朝食兼昼食《けん》にと、誠一はクリームソースのパスタとサラダを、宮木は和風ピラフとサラダを注文した。ほとんど待たされることなく料理が運ばれてきて、二人とも黙って食べる。

ふと視線を感じて、誠一は顔を上げた。

宮木がじっと見ている。

「……なに？」

いえ、と彼は頭《かぶり》を振《ふ》って目を細めた。

「綺麗《きれい》に食べるようになったと思って」

マナーのことを言っているらしい。

「……叩《たた》き込まれたからね」

「飲み込みが早くて、助かりました。今の貴方《あなた》なら、芙有香さまの前はもちろん、どなたと会食しても大丈夫《だいじょうぶ》です。どこに出しても恥《は》ずかしくない」

「――それはどうも」

こんなふうにあからさまに褒《ほ》められると、むずむずしてしまう。

「最初は反発したけどさ、……食事中の一臣さんを見てると、なんかいいなって思ったし。一臣さんの真似《まね》すれば、俺もちょっとは上品に見えるかなって…」

「それは――……ありがとうございます」

今度は、宮木がむずむずした顔をした。

食べ物を咀嚼《そしゃく》するたびに、宮木の喉《のど》が動く。見ないようにしながらも、つい誠一の目はそこに引きつけられてしまう。

清潔そうな唇から、ちらりと覗《のぞ》く薄桃色《うすももいろ》の舌――あの舌が、誠一の肌《はだ》を舐《な》め、吸い、誠一の舌と絡《から》んだのだ。思い出すまいと必死で念じても、思考は簡単に流れてしまう。

自分がどんな声を上げ、あられもなく縋《すが》りついて、彼とともに昇《のぼ》り詰《つ》めたか。忘れたくても忘れられない。

「だって——好きだし」

　ぼそりと独り言《ご》ちると、宮木が「え？」と聞き返した。誠一は慌《あわ》てて「べつになんでもない」と取り繕《つくろ》う。

「あのさ、前にも聞いたけど…」

　自分の意識を逸《そ》らすために、あえて話題を変えた。

「もしも俺が無事に跡継ぎとして認められた場合、聡太さんはどうなるの？」

「どうなるの、とは？」

「実家に帰るのかな、とか…」

　宮木は逡巡《しゅんじゅん》するように黙《だま》った。少し時間を置いてから、彼はおもむろに口を開く。今度はうやむやにごまかしたりせず、ちゃんと答えてくれるつもりらしい。

「……いずれお話しして、きちんとお願いしなければと考えてはいたんですが…」

「うん？」

「その時は、誠一さんから、聡太さんを自分の下で働かせるようにと芙有香さまに申し出てください」

　誠一は首を傾《かし》げる。

　自分から芙有香に頼《たの》む？　つまり——聡太にもまた、戻《もど》る家はないからなのだろうかと考える。跡継ぎの候補となりながら敗れた聡太を、実家は暖かく迎《むか》えてはくれないのか。

「誠一さんは、いずれ当主となる方と認められるわけですから、貴方の言葉にあえて逆らう者はいません。聡太さんも含《ふく》めて」

当主が命じれば、反対する者はいない。聡太が、誠一の下でなんか本当は働きたくないと思っていたとしても、従うしかない。言い換《か》えれば、聡太はもうそこでしか生きられないのかもしれない。

「……当主の言葉には、みんな従うってこと？」

「よほど無謀《むぼう》でなければ。隠居《いんきょ》されないうちは、芙有香さまがすべての決定権をお持ちですが、貴方の意見には耳を傾《かたむ》けるでしょう。そして、それが必要で正しいことなら認められますよ」

なるほど、と誠一は頷《うなず》いた。

なにかを決めるには、すべて芙有香にお伺《うかが》いしなければならないということで、誠一にはただ意見を言う権利だけが与《あた》えられるのだろう。

「芙有香さまって……いくつだっけ？」

「女性に直接年を聞いてはいけませんよ。今年、四十五歳になられました」

「いくつになったら、隠居するの？」

さあ、と宮木は首を傾げる。

「……誠一さんが、一人前と認められればじゃないですか」

それではいつになるかは、誠一次第《しだい》ということになる。もしくは、芙有香がいつまでも隠居したくないと思えば、ずっと誠一は飼い殺しだ。

「芙有香さまが隠居すれば、俺にすべての決定権があるんだよね？」

「その前に、貴方が跡継ぎとして認められなければなりませんが」

そういう前提で話してるんじゃないかと、誠一は唇《くちびる》を尖《とが》らせた。

「……その時には、俺が羽鳥家を変えることだってできるんだろう？」

「ある程度は」

「ある程度って？　さっき言ってた、聡太さんを本家仕えにするとか、あとは……一臣さんを俺の秘書にするとか、その程度？」

「それくらいなら、跡継ぎとして認められた段階でいくらでもできますよ。それに芙有香さまが反対しなければ。……羽鳥家には歴史があります。ずっと、何百年も続いてきたしきたりです。それを一当主の気紛《きまぐ》れで乱せば、秩序《ちつじょ》がなくなり、家は滅《ほろ》びます。家が滅べば、何人もの人間が路頭に迷うことにもなりかねない。本家は分家に支えられ、分家は本家に助けられて生きているのです」

ぴしゃりと撥《は》ねつけられたようだった。誠一はぐっと言葉に詰まり、悔《くや》し紛《まぎ》れに小さく呟《つぶや》く。

「……時代錯誤《さくご》だ」

「時代と共に変わっていくものもあれば、変えてはならないものもあるんです」

「本家とか分家に拘《こだわ》ることが、変えてはならないものだとは思えない」

「そんなことを言っている貴方は、跡継ぎとして認められない」

考え方を変えてほしい、と宮木は言った。

「俺は――俺は、ただ…」

分家の出だからと従属する立場に甘んじたり、分家内でも力のある家とない家で軋轢《あつれき》が起こったりするのはおかしい、誠一はそう言いたかっただけだった。そして、本家の血を残すことがどれほど重要なことなのか、誠一にはまだ理解できない。そのために、好きな相手との恋《こい》をあきらめなければならないことも。

「最先端《さいせんたん》の企業《きぎょう》グループでもある羽鳥が、いつまでも本家だの分家だのに拘ってるなんておかしいと思ったんだ。いずれ分家の中で力を持った者同士が手を組んで、本家を潰《つぶ》すんじゃないの？」

「……分家を一つにまとめるためにも、本家は必要なんですよ」

わからない、と誠一は頭を抱《かか》えた。

皿の上に少し残ったパスタは、冷えて固くなっていた。

宮木は手を挙げてウェイトレスを呼び、食後のコーヒーを催促《さいそく》した。

本当なら、愛する人と一晩を共に過ごして、もっと甘い会話があってもよさそうなものなのに。こんな無味乾燥《かんそう》な会話しか交《か》わせないことが、誠一は悲しかった。

あんなにも近く肌《はだ》を寄せあって、深く交ざって――けれど、もう手を伸《の》ばしても届かないくらい、宮木は遠くに行ってしまったのだ。

新しい年が明けた。

羽鳥本家では、これから新年を祝う会が催《もよお》されるという。

別宅から戻ってきた芙有香に、分家の者たちが挨拶《あいさつ》をするべく集まってきている。その後、誠一は初めて芙有香に会うことになるのだ。

「なにも心配することはありません」

特別な感情など、もうとっくにどこかに捨て去ってしまったような宮木が、淡々《たんたん》と口にする。

「堂々としていてください。誰《だれ》がなんと言おうと、貴方《あなた》は正統な後継者《こうけいしゃ》です」

「……成績表では、聡太さんに負けてるけど？」

言い返した誠一に、宮木は苦笑《くしょう》した。

頑張《がんば》ったけれど、結局二学期の成績では聡太に敵《かな》わなかった。だが、宮木はそれをとくに責めはしなかった。

「あれは――まあ、参考にされる程度でしょうから。これからの三日間が勝負です」

明日から三日間、誠一と聡太は、芙有香と行動を共にすることになる。食事はもちろん、この新年の行事を芙有香のそばで見学し、必要な時は手伝うのだ。

「と言っても、行事の面で誠一さんが少し不利なことは確かです」

本家に近い分家の子として生まれ、その時からあわよくばと教育された聡太は、毎年毎年の慣例行事も自分の目で見てきている。立ち振る舞《ふま》いも自然に身についているだろう。それに比べて、誠一はなにもかもが初体験だ。

一応、写真を見て説明を受けているけれど、実際に見るのとは違《ちが》うだろう。

「ですが、そのことは芙有香さまもご承知ですから、ちゃんと公平にご覧になるはずですよ」

それに、と宮木は言葉を続けた。

「なによりも、貴方の中には本家直系の血が流れている。そのことを、どうか忘れないように。貴方の立ち振る舞いが堂々として、本家跡継《あとつ》ぎとして恥《は》ずかしくないものなら、それ以外はあとからいくらでもなんとかなるんです。知識や教養は……とりあえず、詰《つ》め込みはしましたが、それだってある程度の素地さえできていれば、なんとかなる。そういう意味では、貴方はずっと聡太さんよりも秀《ひい》でているんです」

「……秀でてって……生まれの問題だけじゃん。同時に俺には、愛人の血が半分流れてるんだからさ。芙有香さまがどれだけ受け入れてくれるかが問題なんじゃないの？」

「誠一さん、芙有香さまの前では言葉遣《ことばづか》いに気をつけてください」

わかってるよ、と誠一は嘯《うそぶ》いた。宮木は小さくため息をつき、さらに言った。

「芙有香さまと誠一さんの対面の席には、私は同席できません」

思いがけない言葉に、誠一は「ええっ？」と声を上げる。

「なんで？　一臣さん、俺の教育係じゃん！」

「ですから、教育係の仕事はここまでです」

「ここまで⁉　俺を芙有香さまに引きあわせて、労《ねぎら》いの言葉の一つもかけて貰《もら》って当然なんじゃないの？」

納得《なっとく》できない、と誠一は食い下がる。

「……宮木の家の者は、元旦《がんたん》にはお目どおりできないんですよ。順番が決まっていて、三日目にようやく許されます。そしてそれは家長の務めですから、私ではありません。……ご説明しませんでしたっけ？」

古くからのしきたりで会う順番が決まっている、という説明は聞いた気がする。だが――。

「一臣さんは、特別なんじゃないの？」

まさか、と宮木は苦笑した。

「もうすぐ、芙有香さまの秘書を務める者がこちらに迎《むか》えにきますので、貴方をお預けして……お別れとなります」

「別れ…」

口の中で呟《つぶや》いた途端《とたん》、誠一の胸は潰《つぶ》れそうに痛んだ。

あの日——ただ一度身体《からだ》を重ねて帰ってきてからというもの、半ば意地になって必死に押し殺してきた想《おも》いは、あたりまえだがまだ生きている。

宮木があまりにつれないから、悔《くや》しくて悲しくて、抑《おさ》えてきただけだ。

それなのに、このままサヨナラだというのか。それで、宮木は平気なのか？

「……一臣さんは、これからどこに行くの？」

「宮木の家に戻《もど》ります」

正月は家族と過ごすということなのか。

誠一が無事跡継ぎになれたら、秘書にしてもらおうなどと軽口を叩《たた》いていたくらいだから、一生会えないということではないのだろう。だが——跡継ぎとして認められなかったら。

「また、会えるんだよね？　結果を……知らせることは、できるんだよね？」

「大丈夫《だいじょうぶ》ですよ。結果はすぐに、私の耳にも入ります」

誠一が直接知らせることはできないのだと、言外に含《ふく》んだ物言いだった。そして、また会えます、と彼がハッキリ言ってくれないことも気にかかる。

その時、コツコツとドアがノックされた。

「誠一さまのご準備はお済みでしょうか」

細い女性の声に、宮木が「はい」と答えてドアを開ける。

誠一は彼に背中を向けた。

「誠一さん、では…」

「ちょっと待って、カフスが…」

適当なことを言って、時間を引き延ばした。そんなことをしても無駄《むだ》だとわかっているのだが、あと五分だけでもいいから、宮木と二人でいたい。

「え？」

宮木がドアを離《はな》れて、こちらに寄ってくる。

「一臣さんに話があるので、ちょっと待ってください」

ドアの外に立つ細面《ほそおもて》の女性に向かって誠一は言い、ドアを閉めさせた。

「誠一さん、なにを…？」

「お願い」

二度と言わないから、と前置きした。

「最後に——最後にもう一度だけ、抱《だ》きしめてほしい」

震《ふる》えそうになるくらい勇気を振《ふ》り絞《しぼ》って口にすると、宮木は黙《だま》り込んだ。

「……今度会う時は、俺は……跡継ぎだよ。——一臣さん、今までありがとう。ホントにありがとう」

そう言って、誠一は宮木の胸に凭《もた》れた。

「誠一さん――」

宮木の腕《うで》が、そっと誠一の背中を抱いた。誠一は彼の胸に顔を押し当て、深く息を吸い込む。微《かす》かなフレグランスの匂《にお》い――そうだった、あの夜もこんな匂いがしていたっけ。

「……あまり待たせてはいけません」

催促《さいそく》されて、誠一は顔を上げる。

宮木はじっと誠一を見ていた。静かな、穏《おだ》やかな眼差《まなざ》しだった。

「じゃあ――行ってくる」

「行っていらっしゃいませ」

ゆっくりと離れ、誠一はくるりと踵《きびす》を返した。そして、自分でドアを開ける。後ろ髪《がみ》を引かれる思いだったが、振り返らずに部屋を出た。

背中に宮木の視線を感じる。間近で見上げた時と同じ、優《やさ》しい目で誠一を見続けてくれているのだろう。

別れ際《ぎわ》のあの目を見た瞬間《しゅんかん》、宮木もまだ誠一への想いを捨ててはいないのだとわかった気がした。誠一のように――いや、誠一以上に完璧《かんぺき》に、彼は隠《かく》し通すつもりなのだ。この先ずっと。

誠一の胸の中には、一つの決心がある。

でも、まだ迷っている。

それは、芙有香と会うことで吹《ふ》っ切れるだろうか？

案内されたのは、大広間だ。

旅館の宴会場《えんかいじょう》のような畳敷《たたみじ》きのだだっ広い部屋の、一番上座に座っている女性の姿が見える。

芙有香という名前や、華族《かぞく》の出だという情報などから誠一がイメージしていたタイプとは、微妙《びみょう》に違《ちが》った。女帝《じょてい》のようなグラマラスな美女を想像していたのだが、どちらかといえば楚々《そそ》とした美人だった。

髪は耳を隠す程度に伸ばされ、綺麗《きれい》に切り揃《そろ》えられている。色は白く、実際の年齢《ねんれい》よりも若く見えた。豪華《ごうか》な着物に負けない美貌《びぼう》で——確かにプライドが高そうだ。

彼女の隣《となり》には、すでにめかし込んだ聡太の姿がある。

「芙有香さま、誠一さまをお連れ致《いた》しました」

誠一を案内してくれた女性が恭《うやうや》しく頭を下げ、芙有香が誠一に目を向ける。

「……貴方《あなた》が——」

「沢村誠一です」

誠一も頭を下げた。

「新年おめでとうございます」

「……おめでとう。顔を上げて」

言われるままに顔を上げる。手にしていた扇子《せんす》で、芙有香は誠一の顎《あご》を捕《と》らえた。そうしてまじまじと誠一の顔を眺《なが》める。

「旦那《だんな》さまにはあまり似ていないのね。でも……美しいわ」

「母親似だそうですよ、伯母《おば》さま」

意地悪く、聡太が囁《ささや》いた。

「……貴方は余計なことを言わなくていいの」

ぴしりと、芙有香が制する。聡太は鼻白んだように口を噤《つぐ》んだ。

「いかが？　もう、ここでの暮らしには慣れたかしら？」

いえ、と誠一は微かに頭《かぶり》を振る。

「……なかなか慣れません。学ぶことが多すぎて、いっぱいいっぱいでしたから。お屋敷《やしき》も広すぎて、いまだに時々迷います」

芙有香は、ほほ、と笑った。

正直な誠一の言葉が、気に入ったらしい。

「面白《おもしろ》いことを。一臣は、どうでしたか？」

一臣、と名前を聞いただけで、誠一の胸はどきりと高鳴る。

「とても――よくしてもらいました。……僕は、山育ちの猿《さる》のようなものでしたから、一つ一つ手取り足取り教えてもらいました」

「お猿さんが、少し人間に近づけたのね。よろしいでしょう。貴方もこちらにお座りなさいな。これから皆《みな》さんがご挨拶《あいさつ》に見えます。いい機会ですから、貴方を紹介《しょうかい》致しましょう」

芙有香の態度は友好的に見えた。もっと冷たいあしらいを受けるのではないかと身構えていた誠一にとって、拍子抜《ひょうしぬ》けともいえた。

そう感じるのは誠一だけではないらしく、芙有香のそばにいた聡太が少し青ざめているように見える。自分の居場所が崩《くず》れそうな予感に、怯《おび》えているのかもしれない。

「……貴方のお母さまが亡《な》くなったのは、九年前だそうですね」

隣の席に座るなり、芙有香が聞く。

「はい」

「交通事故だったとか」

はい、と誠一はまた頷《うなず》く。

「ご苦労されたのでしょうね、それから」

「伯父《おじ》が……引き取ってくれました」

「お母さまもさぞ心残りだったことでしょう」

優《やさ》しげな声で告げられ、ふと、誠一は聞いてみたくなった。こんな時に言うことじゃないと、もし宮木がこの場にいたら目を三角にして怒《おこ》るかもしれない、と思いながら口にする。

「僕の母を恨《うら》んでいますか？」

芙有香は目を丸くして、誠一を見た。近くで見ても、年齢を感じさせない綺麗な目元だった。

「……率直《そっちょく》におっしゃること」

すみません、と誠一は項垂《うなだ》れる。やはり聞くべきではなかったのだと、さすがに反省した。

だが芙有香は、なんでもないことのように答えてくれる。

「恨んでいないといえば、もちろん嘘《うそ》になります。……昔の話です。貴方のお母さまを憎《にく》みはしても、その思いを貴方にぶつけようとは思っていません。そうでなければ、すでに養子に入っていた貴方を引き取りたいとは申しませんから」

「伯母さま」

聡太の顔が、さらに蒼白《そうはく》になった。

「芙有香さま、山中家が参りました」

案内人が告げにきて、話はそこで中断した。

まず現れたのは、聡太の父親だった。型通りの挨拶を芙有香にしてから、「聡太は上手くやっていますか」と父親らしい問いかけをする。だが、聡太を見る目は厳しかった。

そして聡太は一度も、顔を上げて父親を見ようとはしなかった。

山中家当主は当然のように、あからさまにうさん臭《くさ》げな視線を誠一に向ける。その顔を見ていたら、聡太が敗れれば帰る家はない、ということを改めて思い知らされる気がした。

それから数時間にわたって、次々と訪《おとず》れる分家の者たちに、誠一は頭を下げ続けた。

三十分ほどの空き時間ができた。

芙有香は一休みするからと座を外し、誠一と聡太も少し休みなさいと告げられる。

「……うまく気に入られたみたいじゃないか。やはり母親の血だな、取り入るのが上手い」

芙有香がいなくなった途端《とたん》、聡太はそんな嫌味《いやみ》を誠一にぶつける。分が悪いと感じてか、ある意味八つ当たりの勢いだ。

「お前も父親に似てないな。……嫌な感じじゃん。お前を、家のための道具程度にしか考えてないんじゃないの？」

「お父さまを悪く言うな！」

ギッと睨《にら》みつけられて、誠一は肩《かた》を竦《すく》める。

どんな父親でも、父親であることに変わりはないのだ。そして聡太は、そんな父親に愛されようと必死なのだろう。

その気持ちはわかる。誠一もかつて、沢村の家で愛されたいと望んだこともあったのだ。

「お前さ――……俺に負けたら、どうすんの？」

意地悪な質問だったかもしれない。先ほどの嫌味への意趣返《いしゅがえ》しという気はなく、ただ、聞いてみたかった。宮木から聞いてはいても、それはともかく、聡太自身はどう思っているのか。

誠一の言葉に、彼はさらにキツイ目つきで睨みつける。

「僕が負けるはずがない」

「……そうだな。俺が勝ったら、お前を側仕《そばづか》えにしてやれって言われたけどさ。そんなこと、無理だよなあ。お前が俺の下で働くわけねーだろうし」

「なら、君はどうなんだ？　僕が勝ったら、僕の下で働く気はあるのか？」

「俺？」

誠一は首を傾《かし》げる。

「……そりゃ、無理なんじゃねーの？」

「ほら見…」

「俺が負けたら、精子だけ採取されて、身ぐるみ剝《は》がれて追い出されるって聞いてるぜ？」

聡太は目を瞠《みは》った。

「まさか、そんなことは…」

「や、そうなんじゃない？　とりあえず俺は直系の血を引いてるわけだし、下働きするわけにいかないだろうしさァ。外聞悪いだろ？　だったらまあ、どっかに追放するか幽閉《ゆうへい》するかしかないだろうし。そのほうが面倒《めんどう》じゃないだろ」

「伯母さまは、そんな非人道的なことはしないよ」

あくまで芙有香を庇《かば》おうとする聡太は、根は案外いいヤツなのかもしれない、と誠一は思った。

「そうだよ。伯母さまは、ちゃんと君のことを考えていらっしゃる。愛人のことは憎んでも、子供には罪はないっておっしゃってただろう」

そうだなあと呟《つぶや》きながら、誠一は立ち上がった。

「どこに行くんだ？」

「小便」

下品だな、と聡太が吐《は》き捨てるのを背中でやり過ごし、広間を出る。

胸の内で些細《ささい》な葛藤《かっとう》をくりかえしながら歩くうち、芙有香に冗談《じょうだん》混じりに言ったとおり、誠一は迷ってしまったことに気づいた。

似たような壁《かべ》や廊下《ろうか》が続くから、曲がるところを間違《まちが》えたようだ。

おかしいな、と思って戻《もど》ったつもりだったが、さらにわからない部屋の前に出てしまう。屋敷の見取り図を肌身《はだみ》離《はな》さず持っておくべきだった、と思った時、誰《だれ》かの話し声が聞こえてきた。

誠一はそちらに足を向ける。とりあえず、誰かに会えれば広間に戻る道順を聞けるだろう。

「……えっ、宮木の倅《せがれ》が？」

「新年早々、なんて罰当《ばちあ》たりな…」

女性数人の話し声だった。

宮木、という名前に、誠一はまたピクリと反応してしまう。

思わず壁に身を隠し《かく》、耳をそばだてた。

「さっき、瑛子《えいこ》さんが泣きながら電話をしてきたってさ。三郎《さぶろう》さんや阿佐《あさ》さんがようすを見にいったよ。もうあの家は駄目《だめ》だね。一臣も親不孝だよ」

「けど、芙有香さまは寛大《かんだい》な方だからねえ」

「芙有香さまは一臣のことと宮木の家は関係ないっておっしゃってるそうだよ」

瑛子というのが誰なのか——おそらく、宮木家の者のことなのだろうが、母親か？——わからないが、三郎や阿佐という名前には聞き覚えがあった。宮木家と親しい、下働きの人間だ。

いったいなにがあったというのか。ただ、よくないことなのだということだけはわかる。宮木がなにか粗相《そそう》をしたのだろうか。

自分絡《がら》みのことではないか、と誠一は直感した。

「——…家との縁談《えんだん》を断っただけでも罰当たりな話なのに」

最初の部分がよく聞き取れなかったが、宮木がどうやら縁談を断ったらしいことがわかる。

「一臣がここまで引き立てられたのも、芙有香さまのおかげだというのに。恩を仇《あだ》で返すような真似《まね》をして…」

「それで、一臣はこれからどうするって？」

その先がよく聞こえない。思わず誠一は壁の陰《かげ》から飛び出していた。

「あの……」

ひゃあ、と喋《しゃべ》っていた女性が飛び上がった。

「ああ、びっくりした。──誠一さん」

三人の女性が、目と目を見交《みか》わしばつの悪そうな表情を浮《う》かべる。

「……すみません、迷ってしまって」

とりあえず、誠一は謝った。途端《とたん》に彼女らは、ホッとしたように胸を撫《な》で下ろした。

「これから宴会《えんかい》ですよ。お部屋にご案内しましょうね」

案内してくれた女性の一人に、誠一は小さな声で問いかける。

「なにかあったんですか？」

彼女はギョッとしたように誠一を見て、「いいえ」と首を横に振《ふ》った。

「一臣さんは、どこに？」

「……一臣は……」

「一臣さんが、なにかしたんですか？」

教えてください、と誠一は食い下がった。

「……一臣は、芙有香さまにお暇乞《いとまご》いを申し出たのよ」

「お暇乞い……？」

聞き慣れない言葉だが、意味はわかる。

仕事を辞《や》めたのだ。会社だけか？　それとも、この羽鳥家から離《はな》れたという意味か？

いつだったか、羽鳥家と関《かか》わらなくても生きていける、と彼は言っていた。あの時はただのたとえ話のような感じだったが、案外本音だったのだろうか。だが——。

「どうして？」

「どうしてって……それは、私たちのほうが聞きたいわ。芙有香さまにあれほどよくして頂いて、なんの不満があったのかって。親も兄弟も、家も捨てて出ていったっていうんだからねえ」

誠一は、すうっと血の気が引くのを感じた。

——宮木が出ていった。

なにもかも捨てて——誠一も捨てて。

「はい、あとはここをまっすぐですよ。それじゃ、私はここで…」

彼女はそそくさと、誠一のそばを離れた。誠一はその場に立ち尽《つ》くす。

宮木がいない。

ならば、自分がここにいることになんの意味があるのか。

彼のために頑張《がんば》ってきたのだ。これから先もずっと、宮木がそばにいてくれると思ったから、踏《ふ》ん切りがつかなかったのだ。

だが、もう迷いはない。迷うほどの価値もない。

誠一は、まっすぐと教えられた廊下を曲がり、濡縁《ぬれえん》から庭に出た。

冬の庭は花もなく、どこか寂《さび》しい。常緑樹が計算された配置で茂《しげ》っているのでそれなりに美しいけれど、誠一の目には空々しく映った。

どんなにお金があっても、心の隙間《すきま》は埋《う》まらないだろう。

ここにくれば自由になれると言った。跡継《あとつ》ぎとして認められれば、すべてが手に入ると言われた。

だが――それは幸せなのだろうか。

誠一は考える。

少なくとも、自分にとっての幸せとは違う気がする。

どれくらい庭に佇《たたず》んでいたのか。

背後で誠一を呼ぶ声が聞こえた。振り向くと、芙有香の秘書の女性が濡縁に立っている。

「急いでください！　皆《みな》さま、お待ちになっているんですよ！」

「誠一さま！」

急げ、と言われても、誠一はゆっくり歩いた。

宴《うたげ》の席もなにもかも、もうどうでもいい。豪華《ごうか》な食事も、華《はな》やかな人々も――すべてが色褪《いろあ》せていた。

「時間にルーズなのは、困ります」

広間に入ると、芙有香がぴしりと言った。

一応「申しわけありません」と頭を下げて、誠一は用意されていた席に腰《こし》を下ろす。今夜はとくに、羽鳥一族の中でも重要な面々がここに集まっていると聞いた。芙有香と行動を共にするのは三日間——だが、三日も待てない。行動を起こすなら、今しかない。

運ばれてきた前菜を、誠一はフォーク一つで食べた。皿に顔を近づけ、まるで犬が餌《えさ》を食べているような仕種《しぐさ》をわざとした。カチャカチャと音を立て、食べ終わるとフォークを皿の上に投げ置いた。

隣《となり》で芙有香が睨《にら》んでいるのがわかる。だが、あえて目を背《そむ》けた。

メインのステーキは、切らずにかぶりつく。零《こぼ》れた肉汁《にくじゅう》でナプキンが汚《よご》れても気にしない。

宮木と初めて食事をした時もそうだったな、と思い出しておかしくなる。だが、あの時だってここまではしなかったと思うほど、行儀《ぎょうぎ》悪く振る舞《ま》ってやる。

さすがに芙有香が気分を害したように、ナイフとフォークを途中で置いた。

「……テーブルマナーは完璧《かんぺき》だと聞いていたのですが」

嫌味《いやみ》混じりに言われ、誠一は肩《かた》を竦《すく》める。

「すみません、育ちが悪いもので」

へらへらと笑いながら誠一は答えた。

「一臣の教え方が悪かったのですね」

「とんでもない！」

それには慌《あわ》てて否定する。

「一臣さんは、よく教えてくれましたよ。俺ができないだけだ。——人にはさ、それぞれの器《うつわ》ってもんがあるじゃん？　おばさん」

ざわっと室内の空気がざわめく。

「なぜですか？」

「なぜって、なにが？」

「貴方《あなた》の態度が豹変《ひょうへん》したのが」

「——さあ。べつに俺は変わってねェと思うけど」

芙有香はナプキンで口元を拭《ぬぐ》った。

「不愉快《ふゆかい》です。食事の途中ですが、私は部屋に戻《もど》ります。気分が優《すぐ》れません」

言うなり芙有香は立ち上がる。

「……中座するのは、失礼なんじゃねーの？　あんたに挨拶《あいさつ》するために、みんな集まってんだろ」

芙有香さまになんという口をきくのだ、と聞こえよがしな声がする。

芙有香は振《ふ》り向きもせずに、広間を出ていった。親戚《しんせき》連中に責め立てられる前にと、誠一もすぐに席を立った。そして、芙有香が行ったのとは反対方向へ早足で歩く。

「なんなんだ、あの態度は！」

背後では、凄《すさ》まじい騒《さわ》ぎになっている。今にも追いかけてきて、捕《つか》まえられそうな雰囲気《ふんいき》だ。

案の定、バタバタと駆《か》けてくる足音がした。

逃《に》げようと、誠一が走り出そうとした時——。

「待てよ！」

聡太だった。

「どういうことだ、あれは。なにかあったのか？」

べつに、と誠一は嘯《うそぶ》いた。

「君のああいう不作法な態度は、君だけでなく、教育係の一臣さんの信頼《しんらい》も失わせることになるんだぞ。一臣さんが知ったら…」

「もう関係ねーよ」

「なんだと？」

かまわずに歩き出す誠一の肩を、聡太は摑《つか》んで止めた。

「なにが関係ないんだ？　始まったばかりで、逃げ出す気なのか」

「……そうだな。うん、そういうことかも。出ていくよ、俺は」

ふざけるな、と聡太が怒鳴《どな》る。

「なら、なぜあの時帰ってきた？　あの日——外泊《がいはく》してきたあの時に、そのまま出ていけばよかったんだ。伯母《おば》さまの前であんな態度を取って、不愉快な思いをさせるなんて」

「じゃあ、お前が慰《なぐさ》めて機嫌《きげん》取ってやれよ。そうすれば、お前のほうを気に入って養子にするんじゃねェ？」

面倒臭《めんどうくさ》いと言わんばかりに吐《は》き捨てた誠一に、聡太はカッと激昂《げっこう》する。

「なんなんだ、君は！　こんな……途中で投げ出すような真似《まね》を……！」

「——悪いな」

ふっと誠一は笑った。

「俺は降りる。あとはよろしくな。……もともとお前が養子に入る予定だったんだ。俺はここに来るべきじゃなかった。どうしても直系の血が必要だって言うなら、いくらでも精子提供してやるよ。頑張って、俺の子供を立派に育ててくれ」

「誰《だれ》が……！」

聡太は言葉を呑《の》み込み、静かに聞き返した。

「……僕に、譲《ゆず》るつもりなのか。つまらない同情をして」

「同情？　お前、同情されるようなことあったっけ？……つーか、さっきも言ってたろ。俺には負けないって」

だったらいいじゃん、と誠一は言った。

「よくない。正々堂々と勝負して勝つならまだしも、こんな形で譲られるのは真っ平だ」

「お前、変なところに拘《こだわ》るなあ。だからさ、正々堂々と勝負したら俺が負けんのはわかってるから、逃げ出すんだって言ってんだろ」

「嘘《うそ》だ！」

「嘘じゃねーよ」

聡太の握《にぎ》りしめた拳《こぶし》が、ぶるぶると震《ふる》えている。彼にとっては屈辱《くつじょく》なのだろうと、誠一は悟《さと》ったが今さら撤回《てっかい》する気はなかった。

「お前の欲しいものは、俺にはなんの魅力《みりょく》も感じられないんだ。それだけだよ」

「そんなことが許されると思ってるのか？　一臣さんだって、怒《おこ》るに決まってる」

「……一臣さんは、もういねーよ」

「え？」

そういうこと、と誠一は言った。

「ま、お前のほうがこれから大変だと思うよ。こんな時代錯誤《さくご》な家抱《かか》えて、いろんなもんに縛《しば》られて、好きなこととなんにもできないじゃん？」

「……君は間違《まちが》っている」

聡太は、誠一を睨《にら》む。

「僕は、君を理解できない」

「その言葉、そっくり返すよ」

じゃあな、と誠一は踵《きびす》を返した。

「待てよ！」

聡太がなおも呼び止める。

「また一文無しで出ていくつもりなのか？　いい加減、学習したらどうなんだ」

「わかってる。今日はちゃんとコートを着ていくよ——……っと……なに？」

聡太がなにかを投げて寄越《よこ》し、反射的に誠一はそれを受け取った。見てみると、それは黒い革《かわ》の財布《さいふ》だ。中に数枚の札が入っている。

「……お前、けっこう金持ってるじゃん」

「持っていくといい。無銭乗車をするわけにいかないだろう」

正直ありがたい申し出だったので、誠一はニッと笑って財布をポケットにしまう。

「サンキュ、借りるよ。……落ち着いたら、返す」

「返す必要はない。端金《はしたがね》だ」

「……嫌なヤツ」

「君もな」

そう言いあって、お互《たが》いに噴《ふ》き出してしまった。

聡太にはわかったのだろう。誠一がどうしてあんなことをして、これからどうするつもりなのか。

歩き出した誠一を、彼はもう呼び止めようとはしない。

幸い、誠一は迷わずに自室に辿《たど》りつき、マフラーを巻いてコートを着た。持ち出したいものは、とくになかった。

もともと身一つで来たのだ。すべて、借り物のようなものだった。

長い廊下《ろうか》を半ば走るように抜《ぬ》けて、玄関《げんかん》に向かう。不思議と、誰とも会わなかった。

靴《くつ》を履《は》いて、外に出る。目の前に一台の車が停《と》まっていた。いつも誠一の送り迎《むか》えをしてくれていた車だ。運転手の榊が立っていた。

「お世話になりました」

一礼して、誠一は彼のそばを擦《す》り抜けようとした。

「誠一さま、お乗りください」

なぜかいきなり、彼はドアを開ける。

「え？　俺はもう……」

「芙有香さまから、誠一さまをお送りするようにと」

「芙有香さまが？」

ポカンと誠一は口を開けた。

「どうして？」

榊はそれには答えなかった。

「……誠一さまが行かれる場所に、ちゃんとお送りするようにとおっしゃいましたので」

くりかえされて、誠一は「ありがとう」と呟《つぶや》いた。

「では、最寄《もよ》りの駅までお願いします。あとは、電車で行きます」

「畏《かしこ》まりました」

後部座席に乗り込み、誠一は苦笑《くしょう》した。

「参ったな…」

芙有香にもなにもかもお見通しだったのだろうか。

人を見る目がある、と以前宮木が言っていた。そのとおりだった、と誠一は思った。

■□■

宮木は、どこに行ってしまったのか。

手がかりがあるわけじゃないが、もしかしたら、と思った。

久しぶりの東京は賑《にぎ》やかかと思えば、予想外に閑散《かんさん》としている。どこかまったく知らない場所に迷い込んでしまったようだった。

「……そっか、休みなんだ」

　失念していたが、正月なのだ。

　明日は、福袋《ふくぶくろ》の売り出しなどで大騒《おおさわ》ぎになるデパートや繁華街《はんかがい》の店も、今日は休んでいるところが多い。

　電車に乗ると、初詣《はつもうで》の帰りらしい人々でそこそこに混んでいた。場違《ばちが》いな自分を感じて、誠一は隅《すみ》のほうに立って息を潜《ひそ》めた。

　もし宮木に会えなかったらどうしよう？

　どこに行こう？

　とりあえず聡太から借りた金で、今夜はどこかに泊《と》まれるかもしれないが——普通《ふつう》のシティホテルは予約でいっぱいだろうか？　見るからに未成年の誠一を、すんなり泊めてくれるようなホテルがあるだろうか。

　結局、また無計画に飛び出してきたのだと、反省する。

　だが、それは宮木だって同じことだ。

　彼は大人だから、誠一に比べればあらゆる点で有利だけれど、それでも元旦《がんたん》から動くことはできないはずだ。

　どこかに勤めるにしても、家を探すにしても——もしかしたら、しばらく外国にでも行くつもりだろうか。だとすれば、追いかけることもできない。誠一はパスポートを持っていないのだ。飛行機に乗ったこともないし、旅行したことだってない。

——俺って、ホントに世間知らずで無力だよな。

何度も思い知らされたことだけれど、また改めて思った。

こんな状態で、この先一人で生きていけるのだろうか。もしも宮木に会えなければ、一人きりなのだ。

誠一は、以前宮木が定宿《じょうやど》だと言ったホテルに向かっていた。

心当たりは、そこしかない。そこにいなければ、お手上げだ。

電車を降り、駅から十分ほど歩いた。格式張ったホテルの玄関には、大きな門松《かどまつ》が飾《かざ》られている。

気後《きおく》れせずに堂々と、と自分に言いきかせながらフロントに向かう。おどおどしていたら、変だと思われてしまう。

「いらっしゃいませ」

中年のフロント係が、恭《うやうや》しく頭を下げた。

「すみません、こちらに宿泊《しゅくはく》している人に会いたいんですが」

「畏まりました。お客さまと、お泊まりのお客さまのお名前を頂戴《ちょうだい》して宜《よろ》しいですか？」

「沢村誠一です。泊まっているのは、宮木一臣さんです」

少々お待ちください、とフロント係は手元のパソコンを操《あやつ》った。三分も待たされない、ほんの僅《わず》かな時間だが、誠一はドキドキして呼吸困難になりそうだった。緊張《きんちょう》のあまり、耳鳴りまでしてくる。

このまま貧血《ひんけつ》を起こして倒《たお》れるんじゃないか、と思った時、フロント係は今度は内線電話の受話器を手に取る。

──やった！

宮木は、やはりこのホテルに泊まっている。ここにいる。

「宮木さまですか。お客さまがお見えですが──……はい、沢村さまです。沢村誠一さま……──はい、はい、畏まりました」

フロント係は、内線を切った。

会ってもらえるか、もらえないか──もし断られても、このホテルにいることはわかったのだから、待ち伏《ぶ》せてでも会ってやる、と誠一は考える。

「沢村さま、直接お部屋のほうにいらしてくださいとのことです。お部屋は、一二〇七号室です。ご案内致《いた》しましょうか」

そうフロント係が言った瞬間《しゅんかん》、誠一は飛び上がりそうになった。

……宮木に会える！

「大丈夫《だいじょうぶ》です。一人で行けます」

ありがとうございました、と頭を下げてフロントを離《はな》れる。エレベーターホールに向かい、すぐにやってきたエレベーターに飛び乗った。

十二階のボタンを押して、点滅《てんめつ》するランプを目で追う。

もうすぐだ、もうすぐ――。

チン、と音がしてエレベーターが停まり、ドアが開いた。降りた正面にある見取り図で、一二〇七号室の場所を確かめる。

毛足の長い絨毯《じゅうたん》に足を取られそうになりながら、気ばかりが焦《あせ》った。

「ここだ」

ドアにある部屋番号を確かめ、呼び鈴《りん》を押す。そしてドアが開いて――。

「……なにをしてるんですか、貴方《あなた》は」

開口一番、宮木は不機嫌《ふきげん》そうに言った。

「こんなところに来ている場合じゃないでしょう。今はまだ、芙有香さまと…」

「全部捨ててきたんだ」

誠一がそう口にすると、宮木の眉間《みけん》にすうっと皺《しわ》が寄せられる。

「……とりあえず、中に」

促《うなが》され、誠一は室内に足を踏《ふ》み入れた。

ダブルサイズはありそうなベッドが一つと、応接セットのある、一人で泊まるにはかなり贅《ぜい》沢《たく》な部屋だ。

「どうしてここが？」

訝《いぶか》しげに、宮木は聞いた。

「――カフス」

「え？」

「最後に抱《だ》きあった時、嫌《いや》な予感がしたから、カフスを一臣さんのジャケットのポケットに入れたんだ。発信機がついてる…」

宮木はハーッと大きくため息をつく。

「嘘《うそ》が下手ですね。あのカフスは、発信機じゃありません。第一、どうやって電波を受信したんですか？」

バレたか、と誠一はちょっと舌を出す。

「……ここしかわかんなかったから、来てみただけ。いてくれてよかった。もし会えなかったら、どうやって捜《さが》せばいいかわからなかった」

「また無計画に飛び出してきたんですね」

「だって…」

言いわけしようとした途端《とたん》、誠一は胸の奥からせつないなにかが込み上げてくるのを感じた。

「ひどいよ。……勝手に出ていくなんて」

宮木は黙《だま》っている。

「みんな怒《おこ》ってた。芙有香さまが取り立ててやったのに、恩を仇《あだ》で返したって。両親も家もなにもかも捨てて出ていくなんて――…俺のことも捨てて、無責任だ」

「無責任はお互《たが》いさまでしょう。人が必死に教育したっていうのに、肝心《かんじん》な時に放《ほう》り出して飛び出してくるなんて」

「あんたがいなくなるからだろ！」

たまらなくなって、誠一は叫《さけ》んだ。

「俺に、たった一人で、あの家でどうしろっていうんだ！　あんたがいないのに…！　一人で……一人ぼっちで…っ」

「貴方は一人じゃない。芙有香さまという後ろ盾《だて》がついて、何人もの人が貴方のために働いて…」

「それは俺が跡継《あとつ》ぎとして認められた場合だろ！」

「認められないわけがない」

「もういいよ、捨てたんだ。なにもかも！　跡継ぎとか、財産とか、本家とか直系とか、もうどうでもいい。俺には関係ないっ」

捨て鉢《ばち》に、誠一は喚《わめ》いた。呆《あき》れたように、宮木がため息を落とす。

「……貴方という人は…」

「芙有香さまも知ってる。榊さんに言って、俺を駅まで送ってくれた」

「ええ？」

説明してください、と言われ、誠一は宮木が暇《いとま》を貰《もら》ったことを耳にして出て行くことを決め、食事の途中《とちゅう》で芙有香を怒《おこ》らせたこと、聡太が金を貸してくれたことなどをかいつまんで話した。飛び出したら、家の前で車が待機していたことも。

「貴方は、私のしてきたことを台無しにしたんですよ？」

宮木は怒っている。だが、誠一にも怒る権利はあるはずだった。

「俺が跡継ぎになったら、秘書になってくれるんじゃなかったのかよ。あんなこと言って――逃《に》げたくせに」

「……逃げるしかなかったでしょう」

苦しげな声音《こわね》に、誠一は顔を上げた。

「一臣さん？」

「私はそんなに人間ができていない。貴方のそばで……貴方のために働いて貴方を守って……それだけならいい。いくらでも、この身を犠牲《ぎせい》にしても、貴方のために生きよう。だが――」

彼は目を伏せ、誠一に背を向ける。

「貴方はいずれ、芙有香さまの決めた相手と結婚《けっこん》し、家庭を持つ。本家の血を残すために、子供を作ることが義務づけられている。それを、一番近くで見続けていくことなど…」

「それ――俺が言ったのと、同じことじゃん」

誠一も同じことを、宮木に言った。その時、宮木は言ってくれたのだ。「するな、と言えばいい」と。

「私はいい。貴方が命じれば、家庭を持つことなどない。だが、貴方は違《ちが》う」

「なんでだよ。言えばいいだろ。俺に、結婚するなって。子供なんか作るなって」

そんなことを言えるわけがない、と宮木は声を荒《あら》らげた。

「俺、言ったろ？　一緒《いっしょ》にどこかに行こうって。連れ戻《もど》したのは、あんただよ。一緒に頑張《がんば》ろうって、あんたが言うから……俺、一臣さんのために頑張ったんだよ」

誠一は一臣に近づくと、正面からその顔を覗《のぞ》き込む。

「一臣さんがいないんなら、頑張ったってしょうがない」

「そんなことを言わないでください」

「だって、そうなんだよ。一臣さんがそばにいてくれなかったら、俺はなにもできない」

できますよ、と彼は言った。

「もう貴方は一人前だ。立派な跡継ぎだ」

「跡継ぎは、聡太さんに決まった。必要なら、俺は精子だけ提供する。でも……そんな必要ないんじゃないかって気がするよ。あとのことは、芙有香さまや聡太さんが考えることだ。俺は……一臣さんと一緒にいたい。一緒に生きていきたい」

宮木の腕《うで》を両手で掴《つか》み、がくがくと揺《ゆ》さぶった。

「一晩だけって約束だった。でも……ごめん、俺、守れない。だって、忘れられない。一臣さんのことが好きなんだ。忘れようって何度も思って、必死であきらめようとしたけど駄目《だめ》だった。一臣さんが好きだ。どうしても、好…」

かき口説くような言葉が、途切《とぎ》れた。

宮木が誠一の手を振《ふ》り払《はら》い、自由になった腕で誠一を強く抱《だ》きしめたからだ。言葉は、押しつけられた宮木の胸の中でくぐもって消えた。

「貴方は——私がどれほど貴方を愛しているか、知らないから…」

呻《うめ》くように言って、彼はさらに腕に力を込める。

「……一臣さん」

「私がどんなに貴方を大切か、貴方以上に必死でこの想《おも》いを抑《おさ》えようとしたか——」

言葉だけでなく、全身から宮木の想いが誠一の中に流れ込んでくるようだった。抑え込んでいたぶんだけ激しく、それは止めどもなく迸《ほとばし》る。

「俺が——本家の直系だから大切なんじゃなくて?」

気になっていたことを、誠一は口にした。宮木は「バカだな」と苦笑《くしょう》する。

「初めて会った時のことを、覚えていますか?」

もちろんだ。忘れたことなどない。誠一は、頷《うなず》いた。

「偶然《ぐうぜん》……じゃなかったっけ、でも、助けてくれた」

「そのもう少し後。沢村の家族が食事するレストランに行って、貴方がどんな表情で彼らを見ていたか。楽しそうだからブチ壊《こわ》せないと、貴方は笑って言った」

その時、たまらなくなったのだと彼は言う。

「私が守ってあげなければならないと思った」

そうだったのかと、誠一はちょっと驚《おどろ》いた。そんなはじめから、彼が自分に対して好意を持っていてくれたとは思わなかった。どちらかといえば、育ちが悪いと蔑《さげす》まれ、疎《うと》まれているのではないかと思っていたのだ。

「それなのに、勝手に出ていっちゃったんだ？」

責めるでもなく口にすると、宮木は困ったように黙《だま》り込む。

「……俺は、守ってもらいたいとは思わないけど……ただ、そばにいてほしかった。これって、甘えてるのかな」

「誠一さん」

「ねえ、もうサンづけはやめてほしい。敬語もやめて、普通《ふつう》に話して」

二人には、本家も分家も関係ない。誠一はもう跡継《あとつ》ぎ候補ではないのだし、宮木も羽鳥一族から離《はな》れてしまった。

もうなにもない、ただの二人だ。

「誠一、私は…」

「一緒にいたい。駄目?」

「駄目なものか。ずっと――一緒にいよう」

唇《くちびる》を求められる。誠一は薄《うす》く唇を開けて、宮木を受け入れた。

甘い痺《しび》れが、身体《からだ》の奥底から湧《わ》き起こってくる。こんな想いは、自分よりも小さくて弱いものに向けるのではないかと思っていた。だが、違《ちが》った。

誠一は、宮木を愛《いと》おしいと思う。大切で離したくなくて、両手でそっと抱《かか》えて包み込んでいたい。守りたいと思う気持ちは、決して相手を侮《あなど》っているわけでもなく、優越感《ゆうえつかん》に浸《ひた》るためでもないのだと知った。

大切なものを守りたい――それは、愛おしくてたまらないからだ。

縺《もつ》れるように、ベッドに倒《たお》れ込む。

あの、一度だけだと約束した夜、適当に泊《と》まったホテルのベッドとは全然違う、ふわりとスプリングの利《き》いたベッドだった。その感触《かんしょく》は、宮木の腕と同じに優《やさ》しい。

幸せな重みを受け止め、誠一は目を閉じた。

肌《はだ》の上を、宮木の手が滑《すべ》っていく。触《さわ》られた場所に順番に火がつくのを、誠一は感じた。

「……あ――」

宮木が触《ふ》れるたびに、未完成だった自分の身体ができあがっていく気がする。肌が整い、指が揃《そろ》う。声が生まれ、呼吸ができる。

「好き……一臣さん、好きだ…っ」

誠一は手を伸《の》ばし、宮木を抱き返した。自分から口接《くちづ》けをねだり、舌を絡《から》める。

宮木も性急に、誠一を求めた。

熱く張りつめた誠一のものに唇を寄せ、舌を添《そ》わせて口に含《ふく》む。宮木の口の中で、誠一は急激に昇《のぼ》り詰《つ》めた。

「あ、あっ、……ああ…」

びくびくと、誠一は震《ふる》えた。

口中に放たれたものを宮木は少し掌《てのひら》に取り、指に施《ほどこ》す。そのままそれを、誠一の背後にあてがった。

「う――ん…っ」

指先が、誠一の中に潜《もぐ》り込んできた。

内臓を押し上げられるような異物感と圧迫感《あっぱくかん》が、同時に湧き起こってきた。

「痛い？」

聞かれて、平気だと答える。指の数が増やされるのがわかった。それらは同時にバラバラに動いて、誠一を体内から押し開いていく。

「……う、あ…っ」

もう――グチャグチャだ。

「一臣……さ、……早……く……っ」

お願い、と誠一は懇願《こんがん》した。宮木が頷き、ゆっくりと脚《あし》を抱える。

宮木が、体内で熱く息づくのを感じる。深く穿《うが》たれて、誠一は口を開け、思いきり息を吸い込んだ。

「あ――……！」

「……誠一」

「う――……っ、……ん、……っ……」

揺《ゆ》らされるたびに、甘えた声が堪《こら》えきれずに洩《も》れた。

宮木の汗《あせ》が、誠一の胸に落ちる。誠一は手を伸ばして、宮木の額にかかる前髪《まえがみ》を指先で払《はら》った。掌で汗を拭《ぬぐ》い、その整った綺麗《きれい》な顔に触れる。

幸せだ、と思った。

そしてこの幸せは、もうこの夜だけではないのだ。明日の朝になれば知らん顔で、なにごともなかったようなふりをしなくてもいい。

ずっと、幸せでいられるのだ。

閉じた瞼《まぶた》の向こうが明るくなった気がして、誠一は目を覚ました。

遮光《しゃこう》カーテンに遮《さえぎ》られてはいるものの、部屋の中はうっすらと明るい。

身体が少しだるく、関節に力が入らないような変な感じだったが、それはどこか甘い疼《うず》きを伴《ともな》っていた。

目を開けると、隣《となり》に宮木の寝顔《ねがお》があった。

睫《まつげ》が長く、息をするたびに微《かす》かに震えている。

誠一はそっと手を伸ばした。指先が触れる一瞬《いっしゅん》前に、ぱちりと宮木が目を開けた。

「……おはよう。起こしちゃった？」

「いえ——おはようございます。……眠《ねむ》れませんでしたか？」

「ううん、よく寝た。一臣さん、言葉がまたもとに戻《もど》ってる」

宮木は苦笑《くしょう》した。

「身体は？　痛む？」

「平気。それより、お腹《なか》が空《す》いた。昨日はろくに食べてなかったから」

じゃあなにか食べにいこう、と宮木は起きあがった。枕元《まくらもと》のスイッチを入れて、カーテンを開ける。

外はいい天気だ。

真っ青な空が広がっているのが見える。

「一臣さん、これからどうするの？」

誠一は聞いた。

「そうだな……せっかくの正月だ。初詣《はつもうで》にでも行こうか」

「いや、今日の予定じゃなくて」

この先のことだ。

誠一はまだ高校生だし——優徳にはもう通えないだろうから、また転校するしかないだろう。

だが、どこへ？——宮木は会社を辞《や》めてしまった。まさに、住所不定無職の二人だ。

一緒《いっしょ》にいられればほかにはなにもいらないけれど、現実問題、それだけでは済まないだろう。

「大丈夫《だいじょうぶ》です」

宮木が言った。

「この私が、なんの準備もなく、行き当たりばったりに出てきたと思うんですか？　誰《だれ》かさんじゃあるまいし」

「え？」

「誠一が心配することは、なにもない。まあ——予定では私一人のつもりだったから、家は手《て》狭《ぜま》だけど」

誠一は目を丸くする。

「家……って、引っ越《こ》し先？　決まってんの？」

もちろんだと、宮木は頷《うなず》く。

「ついでに言うと、仕事も決まってます。しばらく遊んで暮らせるくらいの蓄《たくわ》えもあるけれど、とりあえず五日から出社の予定です。急いで、貴方の転校手続きをしなければ。貴方の今の学力なら、問題ないでしょう」

すらすらと並べられて、誠一はもう返す言葉もない。呆然《ぼうぜん》と、宮木を見上げるばかりだ。

彼がやり手だというのは本当だなあと、今さら思う。

「まあ、その前に」

宮木はベッドを降りて、誠一に向かって手を差し伸《の》べた。

「食事に行こう。マナーを守って、きちんと食べるように」

「えー、面倒臭《めんどうくせ》ェなあ」

わざとぼやいてから、誠一は差し伸べられた手に掴《つか》まった。

最初に出会った時、別世界の住人だと思った。自分とは永遠に関係のない人なのだろうと。

だけど、今は同じところにいる。

同じ世界で、永遠に一緒だ。

あとがき

こんにちは。もしくは、はじめまして。ここまで読んでくださって、どうもありがとうございます。

一年四か月ぶりのルビー文庫です。ご無沙汰《ぶさた》してしまって、申し訳ありません。

前作『花嫁は奪われる』から、もう一年四か月も経《た》っちゃったの？　となんだかビックリです。『花嫁〜』では、ベタベタの身代わり結婚《けっこん》ネタだったのですが、今回も……うーん、ベタベタですね（笑）。

ベタなネタばかりをくっつけてドラマにするテレビのバラエティ番組がありますが、ちょっとそれみたい……と思いながら、今校正を終えたところです。なんとなく、昼メロテイストかも？

実は、私、昼メロが好きなんです——って、改めて言わなくても、バレてますか？（笑）

以前は、主人公がやたらと不幸になったり、これでもかこれでもかと虐《いじ》められたりで、あまり好きになれなかったのですが、最近はそれも楽しく感じるようになりました。でも、虐めが目に余る時はさすがにチャンネルを他《ほか》に変えて、その場面が終わるのを待ったりもするんですが（笑）、「も〜これは見ない！」と思っても、またしばらくすると見たくなる、昼メロマジック！　なかなかやめられません。

今回のお話は今年の春ごろ、新担当さまと顔合わせを兼《か》ねた打ち合わせの際、「こんなのはどうでしょう〜」とリクエストを戴《いただ》いて考えたものでした。年の差カップル——最近多いかも？——がいいですね、とか、遺産相続とかお家騒動《いえそうどう》とか、もうベタベタな王道で行きましょう、ということになり、ウキウキとストーリーを考えました。せっかくだからタイトルもベタベタで、というわけで、こんな感じに……。

ルビー文庫では、これからもベタベタ路線で行こうかね、と担当さまとも話しています。昼メロマジックとまではいかなくても、「もういいよ」と思ってもまた読みたくなるような話が書けるといいなあと思っていますので、どうぞ宜《よろ》しくお願い致《いた》します。

次のベタネタはなににしましょう。なにかリクエストや、こんなベタ設定がある！　という情報（？）などありましたら、是非《ぜひ》お聞かせください！　お手紙は大歓迎《だいかんげい》、サイトの掲示板《けいじばん》への書き込みや、メールも嬉《うれ》しいです。お待ちしています〜!!

校正原稿《げんこう》と一緒《いっしょ》に届いたカラーイラストが素晴《すば》らしく綺麗《きれい》で、本当にうっとりと見惚《みと》れてしまいました。これにどんな感じで文字がデザインされるのか、今からとても楽しみです。

みろくことこさん、綺麗なイラストをどうもありがとうございました！　それから、今回から担当して頂くことになった椿さんも、お世話になりました。……ふと気づくと、本を出すたびに担当さんが代わっているような……(笑)。どうか、次回も宜しくお願い致します。

外は今、キンモクセイのいい香《かお》りがしています。窓を開けると風に乗って、部屋の中にも香りが漂《ただよ》ってきます。いつのまにか、もうすっかり秋ですね〜。

今年は梅雨《つゆ》明けが遅《おそ》かったので冷夏かも……と期待していたけれど、そんなことはなく、やっぱり暑かったですね。でも、日照時間が短かったせいか、果物《くだもの》が不出来と聞いてガーンとショックなのでした。そういえばこの夏は、ほとんど桃《もも》を食べなかったなー。残念。しょうがないので、現在桃ジュースを飲んでます(笑)。

それでは、皆《みな》さまともまた次の本でお会いできますように。その時まで、どうぞお元気で。

二〇〇六年九月　鹿住　槇　拝

KADOKAWA RUBY BUNKO

禁《きん》じられた恋《こい》に落《お》ちて

鹿住《かずみ》 槇《まき》

角川ルビー文庫 R46-16 14458

平成18年11月1日 初版発行

発行者――井上伸一郎
発行所――株式会社角川書店
東京都千代田区富士見2-13-3
電話/編集(03)3238-8697
営業(03)3238-8521
〒102-8177 振替00130-9-195208
印刷所――暁印刷 製本所――BBC
装幀者――鈴木洋介

ISBN4-04-437117-2 C0193 定価はカバーに明記してあります。

KADOKAWA RUBY BUNKO

角川ルビー文庫

いつも「ルビー文庫」を
ご愛読いただきありがとうございます。
今回の作品はいかがでしたか？
ぜひ、ご感想をお寄せください。

〈ファンレターのあて先〉

〒102-8177 東京都千代田区富士見2-13-3
角川書店 ルビー文庫編集部気付
「鹿住 槇先生」係

キャンパスの王子様×美形大学生のドラマティック・ラブ！
コレクション
鹿住 槇
Ataki Kazumi
イラスト／ひびき玲音
君は僕のコレクションだ…
ここを出て行くなんて、許さない

ルビー文庫

優しい指でふれないで
『恋人みたいに抱いてやるからさ』
高校生の晴彦は、社会人の谷川相手になぜか、援助交際をすることになって!?
カラダから始まる、ドラマティックラブ!
鹿住槇
イラスト/九条AOI

ルビー文庫

花嫁は奪われる
財閥御曹司×予備校生の新婚トラブル・ラブ！
じっとしていなさい。
——君は、私の妻代理になることを承諾しただろう？
鹿住槇
イラスト／片岡ケイコ
ルビー文庫

偽装恋愛のススメ
緋夏れんか
イラスト◆沖麻美也
Renka Hinatsu
優勝したら、おれのものになるって言っただろ？
強気なトップレーサー×元気な大学生のノンストップ・ラブ！
偶然出会ったワイルドな男・洲世に「期間限定の恋人」を頼まれた流。
けれど洲世は超トップレーサーで…!?
ルビー文庫